조선 고전 문학의 변천과 의미

안영길

지식과교양

우리 고전 문학이 현재에 어떤 의미와 모양으로 존재해야 하는가를 생각했다. 글로벌 환경과 다원적인 문화의 전개. 통섭과 융합이라는 이 시대의 대세를 외면할 수 없다. 특히, 이 시대와 앞으로의 문명은 더욱 영상과 전기를 기반으로 전개될 것이다. 고전 문학을 캐캐한 장롱 속에만 간직할 수 없다. 그리하여 몇 편의 콘텐츠 방안을 제시해 보았다. 콘텐츠는 늘 변할 수 있고, 그 가치도 해석도 다를 수 있다. 이 논고는 바로 이런 관점에서 시도했다. 논자에 따라 시대에 따라 달라질 수 있겠지만 신선한 시도로 콘텐츠 개발이 계속되기 희망한다.

나는 늘 이런 마음으로 글을 읽었다.

읽는다.
느껴본다.
공감도 비판도 공존한다.

흡수하고 나눈다.
그리하여 나는 선다.

나누시고 깊어져라.
공유할 때 행복할 수 있다.
조금의 앞이라도 볼 수 있는 혜안을 얻으시라.

명확하게 할 일이 생겨라.
보여야 하고, 볼 수 있어야 하고,
값있게 선용하라.

2015년 여름에　저자 식

목 차

1부

『漂海錄』의 문화콘텐츠에 대한 연구

조선 고전 문학의
변천과 의미

『漂海錄』의 문화콘텐츠에 대한 연구

Ⅰ. 서 론

1. 문화콘텐츠로서의 『漂海錄』의 가치

고전유산의 현실적 활용방안 중의 하나가 바로 고전을 콘텐츠화 하는 일이다. 물론 고전을 원형 그 자체로 이해할 필요도 있다. 그러나 문화란 시대마다 지향하는 특성과 분출 양상이 다른 점을 고려한다면, 이 시대의 지배적 흐름은 콘텐츠를 통해 표현하기 때문에 이에 적합한 형태로 고전도 변형할 수 있는 당위성을 갖는다. 그리하여 이 고전의 전달 방법도 다양한데 우선 원전에 충실하여 그대로 전달하는 방법이 있고, 새롭게 재창작하여 신고전을 만드는 경우도 있다. 그런데 정작 대중은 원형의 고전보다는 창작된 고전을 더 즐기는 경향이 있다. 그것은 아마 고전일지라도 그 시대의 문제를 함께 안고 당대의 친숙한 표출방식으로 전달할 때 더욱 설득력을 얻는 것으로 본다.

최근 우리 사회는 초고속 통신망을 기반으로 한 정보통신 인프라 구축, 디지털 기술의 발전에 의한 디지털 컨버전스화, 유무형의 풍부한 문화유산 및 정책 의지에 기반하여 이른바 문화콘텐츠 시대에 도달했다. 그리하여 이런 문화콘텐츠의 특성이 문화콘텐츠 산업으로 연계될 때 One Source-Multi Use·High-Risk, High-Return적 성격을 지닌 다매체 시대의 기회가 열려 있는 새로운 경향의 산업, '유행'과 '이슈'를 만들고 가치를 확대 재생산하여 고부가가치를 창출한다.[1]

이런 시대성을 반영하여 우리 사회에서 〈해신〉, 〈서동요〉, 〈왕의 남자〉, 〈어우동〉, 〈개벽〉, 〈허준〉, 〈임거정〉, 〈장길산〉, 〈주몽〉, 〈연개소문〉, 〈이순신〉, 〈허준〉, 〈장희빈〉, 〈황진이〉 등이 각종 사극이나 영상매체를 통해 대중화 되었다. 이들을 현대적 구미에 맞게 그 원형의 고전을 각색하여 좀 더 친숙하고 쉽게 전달됨으로써 많은 사랑을 받았다. 물론 원작 훼손에 대한 우려도 있겠지만 시대가 지향하는 가치에 부응하여 탄력적인 변화를 추구하였기에 고전을 더욱 생동감 있고 감칠맛 나게 하였다. 하지만 이런 많은 콘텐츠개발에도 불구하고 내면에 보다 깊이 있는 사상과 철학까지 담고 있는 문화콘텐츠 개발이 필요하며, 이를 통해 세계적인 지식정보 경쟁에서 살아남을 수 있는 문화콘텐츠를 지속적으로 만들어 내야 한다. 현재 우리 문화콘텐츠 산업은 세계

---

1. 이찬욱, 「시조문학 텍스트의 문화콘텐츠 연구」, 『우리문학연구』 21집, (우리문학회 2007), 173-174쪽 참조.

적 수준의 디지털 기술과 정보통신망, 숙련된 제작인력을 갖추고 있어 성장 잠재력이 풍부하지만 상대적으로 창의적 기획 환경은 취약하다.[2)]

그러나 우리 콘텐츠의 방향은 지나치게 대중을 향해 달려가고 있다. 물론 문화의 속성이 대중의 공감에서 출발하는 것이지만 그 근원적인 힘은 창조성에 있다. 그럼에도 우리의 콘텐츠는 대중에 영합하여 상업성을 추구한 결과 아류와 짝퉁이 난무하고 일찍 진부하여 단명하였다. 어렵게 열었던 한류가 일찍 쇠퇴한 것도 이런 실험적이고 새로운 것에 대한 창조성이 약하기 때문이다. 그리하여 설령 그것이 세칭 대박을 내지 않았다고 하더라도 최소한의 손익분기점을 맞출 수 있다면 새로운 패러다임에 대한 과감한 도전이 지속될 때 문화콘텐츠의 미래는 밝다고 본다.

이런 맥락에서 崔溥(1454~1504)가 쓴 『漂海錄』은 한 조선 문인의 입체적인 생존체험기로 중국 남방의 이국적인 정취와 험난한 여정을 생생하게 담고 있다. 특히 43인이 동행한 과정에서 갖은 난관에 봉착하고 경우에 따라서는 갈등과 충돌 및 화해 등 실로 한 편의 드라마로서의 극적 요소를 충분히 갖추고 있다. 또한 1400년대 중국 남방의 모습을 살필 수 있는 훌륭한 사료이며 오늘날 갈수록 긴밀한 관계에 있는 한중 문화교류에도 좋은 역할을 할 수 있을 것이다.

이처럼 『漂海錄』이 문화콘텐츠로서 갖는 매력을 압축하면 다음과 같다. 첫째, 1400년대의 중국 남방 지방의 모습을 조선인에 의

2. 朴晳胱, 「전쟁 문화원형 콘텐츠의 개발현황과 전망」, 『동아세아문학에 나타난 전쟁체험 양상』, (우리문학회 창립30주년 기념 국제학술대회지 2004년 11월). 268-269쪽.

해 면밀하게 관찰되었다는 점이다. 마치 하멜의 표류기처럼 최부를 통해 전개된 중국의 이국적 정취와 내용 전개는 매력적인 콘텐츠 소재로 충분하다. 둘째, 43인의 기행록은 태풍이라는 우발적 사고로 비롯되어 매우 모험적이고 흥미진진하며 특히 최부을 주인공으로 설정했을 때에도 주인공으로서의 의연함이나 대처능력 및 시련 극복 등은 극을 끌어가는 데 전혀 손색이 없다. 셋째, 귀납적 사실을 통해 조선 문인의 가치관과 조선과 明 나라와의 국가적 관계를 파악할 수 있을 뿐만 아니라 과거의 섬세한 삶의 문양을 살피는 즐거움도 함께 할 수 있다. 그리하여 이런 신념을 토대로 『漂海錄』를 영상매체의 전단계인 콘텐츠로 만들었다.[3] 그리고 다시금 『漂海錄』를 콘텐츠화 한 것을 객관적으로 재검토함으로써 그 완성도를 높이는 것을 본고의 목적으로 한다. 이런 고찰을 통해 고전의 문화콘텐츠에 기여할 수 있다고 믿는다. 그러나 이것은 어디까지나 스스로 『漂海錄』를 콘텐츠로 만든 후 이것을 다시금 면밀하게 살펴보려는 시론이다. 때문에 콘텐츠로서 갖추어야 할 좀 더 충분한 조건을 갖추지 못한 한계를 안고 있으며 이것이 또 이 논문이 풀어야 할 과제이기도 하다.

2. 기존 연구사 검토

최부를 포함한 43인의 기적적인 생환은 성종의 명으로 8일간 그간의 행적을 기록케 한다. 그만큼 당대의 성종에서부터 후대 양반에 이르기까지 중국의 문물에 대해 관심이 많았던 것을 입

3. 안영길, 『문화콘텐츠로서의 고전읽기』, (아세아문화사 2006).

증한다.[4] 특히, 163일간의 체험을 통해 전개된 중국 남방에 대한 사실적인 묘사와 설명은 1400년대 중국을 이해하는 훌륭한 사료가 된다. 더욱이 문화 자료와 기행문으로서의 가치는, 오늘날 韓中간의 역사와 문화를 이해하는 데도 좋은 콘텐츠로 활용할 수 있다.

이 때문에 일본에서는 清田君錦(1721-1785)에 의해 《唐土行程記》라는 제목으로 1769년에 출간되었고, 후에 《통속표해록》이란 제목으로 印刊되기도 하였다.[5] 훗날 이를 토대로 1965년 일본에서 공부한 John Meskill이 『漂海錄』을 영역하고 주석을 붙여서 《錦南漂海錄 譯註》란 제목으로 세상에 알렸다.[6] 또 중국과의 활발한 교류 속에 葛振家가 簡字體로 点注한 《표해록 중국 기행》이 간행되었고, 최부를 格物致知誠意正心을 실천한 전형적인 선비의 모습으로 설명하였다.[7] 또 표해록은 明代의 해안방비, 문물, 민속, 地誌, 언어 등을 알 수 있는 고서로 높이 평가했다.

---

4. 中宗實錄 6년 3월 14일 參贊官 李世가 進言한 것을 보면 다음과 같다. "최부의 표해록은 조선의 금릉에서 중국 황제의 도읍에 이르기까지 산천과 풍토 습속을 기록하지 않은 것이 없습니다. 우리나라 사람들이 비록 중국을 보지 못했지만 중원을 볼 수 있는 것은 이 때문에 알 수 있습니다. 청컨대 간행하여 전파하소서." (崔溥漂海錄 自金陵至帝都 山川風土風習無不備記 吾東邦人 雖不目者見中原 因此可知 請竝開刊傳播) 이외에도 『成宗實錄』 成宗 23年 正月 乙酉條, 『稗官雜記』 二 『국역대동야승』I 민족문화추진위원회, 1985, 437-474쪽. 『海東野言』 二 국역대동야승』II, 민족문화추진위원회, 1985, 362쪽. 『海東雜錄』 一, 『국역대동야승』V 민족문화추진위원회, 1985, 80-86쪽. 『諛文瑣錄』, 『국역대동야승』I 민족문화추진위원회, 1985, 397-398쪽 등에 『漂海錄』에 관한 내용이 산견되어 나타난다.
5. 清田君錦, 《唐土行程記》, 日本版, 1769.
6. John Meskill, 〈Ch' oe Pu's Diary A record of drifting across the sea〉 (The university of Arezon press, Tucson, 1965).
7. 葛振家 点注, 《漂海錄》 (北京 社會科學文獻出版社 1992), 15쪽. "以格(物)致(知)誠(意)正(心) 爲學的崔氏 時時處處 力行踐履儒家的生活準則 從崔氏其人 看儒家思想 對朝鮮的影響 更有體感."

이런 관심은 이재호와 최기홍에 의해 완역되었고,[8] 장덕순, 최래옥 등에 의해 문학적으로 높이 평가되었고,[9] 윤치부의 해양문학연구에 큰 축으로 소개되기도 했다.[10] 아울러 뛰어난 기행문학으로 표해록을 연구한 논문도 발표되었으며[11] 또 문학보다는 명대의 생활상과 제도 등을 중심으로 살핀 논문도 나왔다.[12] 이런 기존 연구는 그 만큼 『漂海錄』의 학술적 가치를 높이 평가하여 다양한 관점에서 논의하였던 것이다.

이제 이런 성과를 토대로 이 시대의 대중들이 향유하는 영상문화의 전단계인 콘텐츠로서의 『漂海錄』를 새롭게 탄생시켰다.[13] 물론 아직 만족할 만큼의 수준은 아니지만 이를 더욱 치열하게 다듬어 적절한 시점에 영상으로 上程하고자 한다. 그리하여 최부의 생환을 통해 의연한 조선 문인의 기상을 소개하고 중국과의 오랜 돈독한 교류의 情도 공유하고자 한다. 즉 문화콘텐츠로 세상에 나아가 그들과 함께 그 비장한 정감과 애련한 사연을 소개한다. 나아가 생환자의 필치를 통해 소개된 중국의 모습을 살펴

8. 이재호, 『國譯 燕行錄 選集 Ⅰ』, (민족문화추진회 1976) 최기홍, 『錦南先生 漂海錄』, (교양사 1979).
9. 장덕순, 「해양문학의 백미 "漂海錄"」, 『여행과 체험의 문학-국토기행』, (민족문화문고간행회 1987), 124-149쪽. 최래옥, 「漂海錄 연구」, 『비교민속학 10집』, (비교민속학회 1993).
10. 윤치부, 「한국해양문학연구-표해록 작품을 중심으로」, (건국대 박사학위논문 1992).
11. 최주현, 「최부의 《錦南漂海錄》 연구」, (한양대교육대학원 석사논문 1994).
12. 김재선, 「최부 '漂海錄' 與明代弘治年間之杭州地區景觀」 『국제학술회의논문집』, (中國 西岸大學 1994).
_____, 「최부 '漂海錄' 與明代弘治年間中國南北水陸交通及衛所之考察」, 『국제학술회의논문집』, (中國 西岸大學 1994).
_____, 「남북인문사회생활」, 『국제학술회의논문집』, (中國 西岸大學 1994).
13. 안영길, 『문화콘텐츠로서의 고전읽기』, (아세아문화사 2006).

보고 조선 문인의 강개한 기상도 되새겨 본다. 그리하여 韓中간의 우호와 문화교류에 기여하고자 한다.

Ⅱ. 최부의 생애 및 표해록의 내용 구조분석

1. 최부의 생애

최부는 진사 諱 澤의 아들로 태어났다.(단종 2년 1454) 자는 淵淵, 호는 錦南이며 羅州 사람이다. 김종직의 문인으로 23세에 진사에 급제하고, 성균관에서 文名을 떨쳤으며 親試文科에 乙科로 급제하였다. 校書館에서 著作, 博士, 軍資監 主簿 등을 지냈고 서거정과 『동국통감』을 편찬할 만큼 학식이 뛰어났다. 文科 重試에 亞元으로 급제하여 사헌부 감찰, 홍문관 副修撰 및 首撰을 거쳐 34세 때 副校理가 되었다.(1487) 이런 그의 행적에서 그가 학식이 높고 실력 있는 관료임을 알 수 있다. 副校理로 임명되었던 그해 9월 推刷敬差官이 되어 제주로 갔다. 당시 죄인 중에 제주로 도피한 자가 많았으므로 이를 찾아 본토로 환송하는 책무였다. 11월 12일(음력) 제주에 부임하여 2개월 근무하던 중 35세(1488) 때 윤정월 3일 부친의 訃音을 듣고 악천후를 무릅쓰고 제주에서 나주로 떠났다. 이때 함께 수행한 43인이 태풍을 만나 14일 동안 동지나해를 표류하다가 해적에게 물건을 강탈당하고 생사를 넘나들며 명나라의 台州府 臨海縣(지금 중국의 절강성)에 도착한다.

처음에는 왜구로 오인을 받아 죽을 고비를 맞았으나 밤에 도망쳐서 살아났다. 나중에 비로소 조선의 관원임이 밝혀졌다. 그리하여 지금의 항주에서 경항운하를 통해 북경에까지 가게 되었다. 이런 과정에 중국 강남지방과 산천을 세세하게 보게 된 독특한 기행을 한 조선인이 되었다. 더욱이 북경에서 황제를 알현하고 그 해 6월에 남대문 청파역으로 환국하였다.

이런 기행에 대한 경탄과 중국에 대한 관심으로 당대 성종의 명으로 6월 14일 부터 8일간 그간의 행적을 소상하게 기록하여 왕에게 바친 기행 보고서가 바로『漂海錄』이다.

그 뒤 고향으로 달려가 여막을 지키다가 다시 모친상을 당하여 3년상을 보냈다. 다시 持平을 거쳐 副應敎 및 藝文館 應敎가 되었으며 연산군 때는 기행 과정에 중국에서 배웠던 수차의 제도를 漑灌에 응용하여 보급하기도 했다. 1497년(연산군 3년) 聖節使의 質正官으로 明나라를 다녀오기도 하였다.

그러나 그 뒤 연산의 虐政을 極諫하고 공경대신을 비판하여 무오사화 때 단천에 유배되었고, 6년 뒤 갑자사화 때 51세(1504)에 참형을 당했다. 그러나 곧 중종 즉위(1505년)와 함께 伸寃되어 承政院都承旨로 추증되었다.

실로 한 개인의 강개한 삶을 통해 조선 선비의 의연한 기상과 해박한 지식을 읽어 낼 수 있고,『漂海錄』으로 인해 생존을 위한 처절한 투쟁과 인고의 정신을 배울 수 있으며 또한 明代 남방의 생생한 삶의 현장을 감동으로 맞을 수 있다. 그러므로 이『漂海錄』의 내용을 쉽고 상품성 있는 콘텐츠로 개발하기 위해 먼저『漂海錄』의 일정과 내용을 검토해 보기로 한다.

2. 표해록의 내용 구조 분석

표해록은 내용상 '출범-표류-표착-육로이동-귀환-후기'로 구성되었다. 그 내용을 세분화시키면 다음과 같다.

출범 : 출발일시, 출발지, 일행, 발선동기, 선박
표류 : 표류일시, 첫 표류지역, 표류과정, 갈등과 해소
표착 : 표착일시 및 표착지역, 고난
육로이동 : 각지역, 사건, 견문, 감상
귀환 : 귀환일시, 귀환지점, 소회
후기 : 수리, 산천, 제방 및 물관리 문제, 토산품, 집, 복식, 인심, 풍속

이와 같이 매우 사실적인 기행구조로 되어 있다.

1) 세부내용

출범 (1) 때 : 성종 19년(1488) 윤정월 3일
(2) 출발지 : 濟州牧 別刀浦
(3) 목적지 : 羅州
(4) 일행 : 최부 포함 43명
(5) 동기 : 부친의 訃告를 받음
(6) 선박 : 水精寺의 승려 智慈의 선박

표류 (1) 표류일시 : 윤 1월 3일 저녁
(2) 표류지 : 草蘭島 근해

(3) 표류과정
〈1〉 4일-11일 바다에서 표류
〈2〉 12일 寧波府 경계에서 도적을 만남
〈3〉 13-15일 다시 바다에서 표류

표착 (1) 표착일시 : 16일
(2) 표착지역 : 大唐國 台州府 臨海縣界의 牛頭外洋

육로이동 (1) 17일 육지에 상륙
(2) 18일 千戶 許淸을 노상에서 만남
(3) 19-22일 桃渚所에 도착
(4) 23-24일 桃渚所를 출발 健跳所체 도착
(5) 25-29일 越溪巡檢司, 西店驛, 連山驛, 寧波府를 통과
(6) 2월 1일 - 4일 慈溪縣, 餘姚縣, 上虞縣을 지나 紹興部에 도착
(7) 5일 西興驛에 도착. 會稽郡에서 王羲之의 蘭亭修稧處 등의 유적을 관람
(8) 6-12일 杭州에 도착『皇華集』에 대해 문답, 吳山의 吳子胥墓 등의 유적을 관람
(9) 13-30일 杭州를 떠나 崇德殿, 嘉興府, 吳江縣, 蘇州府, 姑蘇驛, 常州府, 呂城驛, 鎭江府, 楊子江, 廣陵驛, 楊州府, 盂城驛, 高郵州, 淮陰驛, 부근의 韓信이 惡少年에게 受辱했던 胯下橋, 桃源驛의 劉備, 關羽, 張飛가 結義했던 三結義廟 등

의 유적 관람

(10) 3월 1-25일 邳州, 房村驛, 徐州, 劉城鎭, 沛縣, 兌州府, 魯橋驛, 濟寧州, 開河驛, 東平州, 東昌府, 淸陽驛, 臨淸縣, 武城縣, 恩縣, 德州, 良店驛, 東光縣, 滄州, 興濟縣, 靜海縣, 天津危를 지나 河西驛에 도착. 徐州의 楚霸王 項羽의 도읍지 및 沛縣의 漢高祖 劉邦의 故里, 兌州府의 孔子가 탄생한 尼丘山 등을 관람.

(11) 26-29일 蕭家林里 漷縣을 지나 北京의 玉河館에 도착 兵部에 감.

(12) 4월 1-17일 玉河館에 머물음.

(13) 18-20일 禮部에 나가서 皇帝를 謁見.

(14) 21-23일 玉河館에 머물음.

귀환 (1) 일시 : 4월 24일

(2) 장소 : 北京 會同館

(3) 경로과정

〈1〉 24-27일 會同館에서 發程하여 白河, 公樂驛을 지나 漁陽驛에 이르러 謝恩使臣을 만남.

〈2〉 28-30일 陽樊驛, 玉田縣, 豊潤縣을 지나 義豊驛에 도착

〈3〉 5월 1-19일 灤州, 永平府城, 灤河驛, 撫寧衛, 楡關驛, 石河, 山海關, 前屯衛, 東關驛, 曹莊驛城, 寧遠衛, 五里河, 凌河驛, 十三山驛, 閭陽驛을 지나 廣寧驛에 도착 聖節使臣을 만나고 머물음.

〈4〉 20-5월 3일 盤山驛,沙嶺驛, 在城驛, 遼陽驛, 連山河, 分水嶺, 斜哨大嶺을 지나 鳳凰山에 도착.

〈5〉 4일 鴨綠江을 건저 義州城에 도착.

후기 : 견문

(1) 里數

(2) 山川

(3) 堤防, 水門制度

(4) 土産

(5) 第宅

(6) 服飾

(7) 人心과 風俗

개 략

기간 : 성종 (19년) 1488년 1월 3일 - 5월 4일

(1) 바다표류 1월 3일 - 16일 (13일)

(2) 해외노정 1월 16일 - 5월 4일 (109일)

(3) 주요노정 : 濟州- 草蘭島- 牛頭外洋-寧波府-紹興府-杭州-嘉興府-蘇州府-常州府-鎮江府-楊州府-淮安府-徐州-東平州-德州-滄州-北京-公樂驛-玉田縣-山海關-東關驛-閭陽驛-遼陽驛-鳳凰山-鴨綠江-義州城-靑坡驛[14]

14. 윤치부, 「한국해양문학연구-표해록 작품을 중심으로」, (건국대 박사학위논문 1992) 57-59쪽.

이 일정과 내용을 검토한 결과, 출범 – 표류 – 표착 – 육로이동 – 귀환 등으로 짜여져 있다.

Ⅲ. 문화콘텐츠로서의 구성

1. 시놉시스

더운 여름날 노인들이 다 헤어진 묘를 찾아간다. 볼품없는 최부의 묘지에서 노인들은 옛날을 회상한다. 곧이어 과거로 돌아가 영상이 펼쳐진다.

깜깜한 밤 난파선 위에서 몇 명의 사내가 최부를 암살하려 한다. 폐부를 찌르는 날카로운 칼은 다행히도 최부를 피해갔다. 뛰어난 무술 덕분에 암살을 모면할 수 있었지만 몸을 많이 다친다. 뒤늦게 안의의 등장으로 목숨을 건졌지만 암살자를 잡지는 못한다. 다음날 난파선 위에서 선원들을 대상으로 안의가 연설을 펼친다. 그러나 암살자를 밝혀내지는 못한다. 제주를 떠나 나주로 가던 배는 풍랑을 맞아 난파선이 되었고, 궂은 날씨에도 무리하게 출항한 것 때문에 최부는 선원들에게 비난을 받는다. 그리고 10여일을 표류하는 과정에서 식량과 식수의 부족으로 많은 충돌이 발생한다. 이때 갈증과 절망 속에서 인간군의 다양한 양상이 그려진다. 그런 난파 과정에서 요행히 중국의 상하이 부근에서 도착하지만 중국 도적들의 습격을 받아 다시 어려움을 겪는다. 간신히 중국 해변가에 안착했지만 곧 도적들의 술수에 빠져 구리광산에 팔려 간다. 이 광산에서 절망적인 생활을 하던 중에 미모의 화연낭자가 잡혀 온다. 두목이 화연을 겁탈하려는 위기를 최부가 구해준다. 이를 계기로 최부와 화연은 가까운 사이가 된다. 그 후 화연의 소재를 파악한 화연의 오빠 화룡이 군인들을 데리고 와서 모두를 구출한다. 그리고 최부 일행은 조선 사람이라는 것이 밝혀지고 최부의 고매한 학식에 후대를 한다. 조선의 관리를 보고 싶어하는 황제의 명에 따라 최부 일행은 경항운하의 길을 이용하여 북경을 향한다. 그 과정에서 중국 남방의 많은 문물들을 접하고 시문을 남긴다. 한편 화연과 이별하고 북경을 가던 중 무협의 고수인 홍랑을 만나 두어 차례의 위기와 만나고 그녀의 도움을 받는다. 홍랑은 최부의 의협심과 사내다움에 무척 매력을 느끼며 연정을 느낀다. 이때 중국 곳곳의 아름다운 풍광이 영상에 등장한다. 이 과정에서 홍랑과의 사랑이 펼쳐진다. 그러나 이런 여정에서 최부를 암살하려는 사건이 지속적으로 발생한다. 제주도에 숨어살던 죄수 달포는 신분을 위장하여 승선했다. 궁극적으로 최부를 없애고 중국에 남고자 한다. 이런 음모를 모르는 가운데 끊임없는 위협이 일어나고 그 순간을 권산과 안의가 막아준다. 결국 일행은 기나긴 여정 끝에 북경에 도착하였고, 최부는 황제를 알현하고 중국 남방과 조선에 관해 많은 대화를 나눈다. 조선으로 오기 전 달포와 최부는 최후의 결투를 펼친다. 그때 난파선에서 자신을 죽이려 했던 사실과 수많은 암살사건이 모두 달포 일행의 짓임을 알게 된다. 그러나 달포가 억울하게 누명을 쓰고 몰락한 양반의 후예임을 알고 그가 조선에 돌아가면 압송되어 죽음을 당할 것을 우려해 최부가 그를 중국으로 떠나게 한다.

한편 홍랑과의 애정을 고뇌하며 결국 그녀를 중국에 남기고 압록강을 거쳐 한양 청파역에 도착한다. 이후 왕명으로 『표해록』을 지어 바친다.

다시 영화는 첫 장면으로 이어진다. 노인들의 회고적인 모습이 그간의 영상과 디졸브로 이어진다. 비장미를 연출한다.

2. 등장인물 설정

극은 결국 등장인물이 끌고 간다. 따라서 인물 설정이 매우 중요하다. 인물은 내용을 주도할 뿐만 아니라 시청자에게 주목받기도 하고, 경우에 따라 비판적 대상이 될 수도 있기 때문이다. 그런데 극중 평범한 인물은 대체로 크게 주목받지 못한다. 이 때문에 극중 인물을 크게 두 가지 유형으로 하려 한다. 첫째, 매우 통속적 삶을 보여주는 인물이다. 지극히 통속적이고 원초적이며 세속적 욕망을 거침없이 구현할 인물이 등장해야 한다. 여기서는 '권산'이 통속성을 보여주었다. 둘째, 극에서는 매우 이상적인 가치나 신비감을 주는 인물이다. 이는 주인공인 '최부'가 그 역할을 맡는다. 동시에 그와 사랑으로 맺는 비련의 아픔을 겪는 여인으로 '홍랑'을 설정했다. 전체적으로 주요인물만 살펴보면 다음과 같다.

〈홍랑〉

명망 있는 집안의 딸로 아름다운 외향을 지닌 낭자이다. 주로 남장을 하고 다니며 그러한 차림새가 말해주듯 씩씩하며 적극적이다. 어렸을 때부터 무관인 아버지(사우) 에게 무술을 배워 칼을 잘 다루며 불의를 보면 참지 못한다. 그리고 의술을 배워 위기 상황을 극복한다. 먼 길을 떠나고 있는 최부 일행에게 호감을 가지고 적극적으로 도와주는 인물이다. 나중에 최부를 사모하여 연정을 나눈다.

<안의>

부친은 관찰사로 지내다가 역모에 휩쓸려 낙향하게 된다. 부친은 억울함에 원인을 모르는 병에 시달리게 되었고, 모친마저 병을 앓게 된다. 그로 인해 안의는 관료생활에 회의를 품고 과거 공부를 그만두게 되며, 부친과 모친을 낫게 할 방도를 구하다가 의학 공부를 하게 된다.

부모를 살리기 위해 애써 보았으나, 방법을 얻지 못하고 결국 부모는 돌아가시고 만다. 정계에 대한 원망과 사람들에 대한 분노에 얽매여 한동안 심한 좌절 속에 그는, 사람과 인연을 끊고 싶어 떠나게 되는데 그가 가서 닿은 곳이 탐라였다. 그 곳 마을 사람들의 배타적인 모습도 곧 안의의 사람됨이 인간적이고 후덕하여 그를 마을 사람으로 받아들인다. 그러던 중 이 년이 흘러 최부라는 인물이 그곳에 도착하게 되었고, 마을 사람들과 함께 있던 중 갑작스레 최부의 지명으로 같은 배에 행선하게 되었다.

안의는 몰락한 가정사 때문에 한때 실의에 빠졌으나 뱃사람들을 만나 그의 성격은 매우 능동적으로 바뀌어 간다. 그는 위기 상황에서 판단력이 뛰어나고 직감력이 좋은 사람이다. 갈수록 최부의 신임을 얻게 되나, 안의는 그 어떠한 일에도 욕심을 내지 않는다. 안의는 최부 뿐만 아니라, 일행들의 안전에 대한 책임을 지게 되고, 신분에 대해서도 차별을 갖지 않는 훌륭한 인품을 지녔다. 최부의 고집스런 성격도 안의의 사람들을 대하고 사랑하는 모습을 통해서 서서히 바뀌게도 된다. 나중에는 최부와 일행의 안전뿐만 아니라, 모두의 최고 조언자가 된다.

<최부>

최부는 조선 성종 때 추쇄경차관으로 제주도에서 중죄를 짓고 숨어있는

죄인들을 색출하여 본토 조정으로 압송하는 직책을 맡았다. 그는 서거정과 『동국통감』을 편찬할 만큼 학식이 뛰어났다. 또한 무예에도 출중하여 표류 중 해적들과 산적들을 만났을 때에도 의연하게 대처한다. 표류하는 가운데 많은 사람들이 죽음에 대한 공포와 갈증으로 무질서한 상태를 바로 잡는다. 그는 침착하게 대처함으로써 많은 사람이 자신의 생각을 반대하지 않고 따르게 하는 리더십도 보여준다. 이처럼 최부는 강직한 전형적인 선비의 모습을 보이고 중국에서 화연과 홍랑을 만나 연정을 가진다.

이 콘텐츠에서 최부를 강개한 조선 선비의 의기와 고매한 기풍을 찾아볼 수 있도록 설정했다. 실제 그는 강직한 기질로 인해 연산군 때에 사형을 당했다.

〈화연〉

명문가의 여식으로 출중한 미모에 온화한 성품이 특징이다. 말이 적고 사색적이다. 우연히 꽃구경을 나왔다가 도적 무리에게 잡혀 수난을 당한다. 그러나 최부의 도움으로 위기를 모면하고 그 일로 최부와 가까운 사이가 된다. 최부와의 사랑이 이어지지 않을 것을 알지만 쉽게 마음을 져버리지 못하고 후에 흠모하는 마음이 심해져 열병에 걸리기도 한다. 학식이 풍부하며 귀품 있게 웃는 모습이 매력적이다. 여성스러운 성격에 꽃을 좋아하며 시서에 능하다. 요리를 즐겨하며 음악을 즐긴다. 가족 중에 화룡이라는 오라버니가 있으며, 화룡의 도움으로 광산에서 벗어날 수 있었다.

〈권산〉

권산은 하층민으로, 최부를 수행하는 아전이다. 극의 시작에서부터 끝까지 최부와 함께 하며, 맡은 바 책임을 다하는 인물이다. 직분은 포졸로, 자신에 대한 임부는 수행을 잘 하지만 그 이외의 행동에서 무식한 면을 보인다. 성격은 남자답고, 자존심이 강하며, 의협심이 있다. 최부에 대한 충성심이 높고, 무식한 말이나 행동으로 웃음을 유도하는 익살스러운 인물이다.

<고벽>

험난한 여정에 몸이 지친 최부에게 나라의 상황과 소식들을 전해주며, 앞으로 어떻게 대처하며 대비해 나가야 하는지 방안을 마련해주고 제공해주는 인물이다. 또한 세세한 소식들을 최부에게 전해주며, 최부와 일행들 모두 무사하게 환국할 수 있도록 도와주는 인물이다. 이 때문에 최부가 매우 고마워하며 그 은혜를 잊지 못한다.

<거이산>

1399년 태어났다. 제주도 출생으로 무관이다. 최부를 따라나섰다가 어려움에 처하지만 언제나 긍정적인 성격으로 위기를 극복하는 데 일조한다. 제주에서 의협심이 강하고 무예가 뛰어난 자로 정평이 났다. 언제나 유쾌하고 주의 사람들에게 웃음을 주는 자며, 때로는 권산과 같이 최부의 행동대장으로서의 면모를 보이기도 한다.

<달포>

몰락한 양반의 후예로 제주도에 피신해 있다. 최부에게 발각되기 전에 위장해서 뭍으로 가려 한다. 최부를 죽이고 다시 도피생활을 하려 하지만 잘되지 않는다. 결국 중국에 정착하기로 마음먹고 무리를 모아 은밀한 준비를 하지만 매번 실패한다. 압록강을 건너기 전 최부와 최후 일전에서 죽음을 맞았으나 최부가 그를 풀어 준다. 이후 중국으로 멀리 떠난다. 최부를 괴롭히는 반동인물로 설정되었다.

3. 단계별 구성

일반적으로 고전 작품을 문화콘텐츠로 만들 때는 브레인스토밍을 통해 자신이 생각하는 주제의 컨셉을 작성한다. 나아가 시놉시스를 짜서 여러 사람들에게 스토리텔링을 시연하여 좀 더 섬세한 감정처리와 내용의 완결성을 높인다. 일반적으로 스토리텔링은 '이야기하기'라는 상호작용성이 강화되고, 네트워크성이나 복합성(통합성) 등 매체환경을 적극 반영한다. 이와 같이 스토리텔링은 디지털 문화환경이라는 매체환경의 특성을 적극 반영하며, 기존 서사론의 스토리 중심에서 탈피하여 말하기(tell)와 상호작용성(ing)을 중심으로 한 향유를 강조한다.[15] 이런 점을 고려하여 충분하게 말하기(tell)를 시연하여 대사를 썼다. 이것은 현장성을 살리고 분위기를 이끌어 가는 데는 효과적이었다. 하지만 전체 극의 내용적 배분이나 주제 배열를 놓치는 문제점을 갖고 있다. 그렇더라도 이 스토리텔링을 하지 않고는 콘텐츠를 쓸 수 없다. 왜냐하면 이 스토리텔링이 다양한 매체를 만나 그 매체의 특성에 따라 새롭게 변신을 꾀하기 때문이다. 이를테면 영화와 결합할 때는 들려주는 이야기와 보여주는 이야기가 함께 전개되어 보여주는 것에 역점을 두어야 한다. 애니메이션을 만나면 과장된 동선 표현과 오락적 목적성으로 인해 이야기는 강약의 기복을 보이면서 제한된 혹은 의도된 주제 내에서 일정부분 통제되며, TV 드라마와 만나면 드라마의 특성상 통속성 및 유행성, 대

15. 박기수, 「《삼국유사》설화의 문화콘텐츠 스토리텔링 전환 전략」, 『2007 만해축전』, 343쪽.

중성으로 인해 이야기는 패턴화되고 드라마틱하게 극단화된다.[16] 이런 특성에 따라 이 콘텐츠 역시 영화 패턴에 맞추어 만든 것이다. 따라서 스토리텔링의 형태에 차이를 보인다. 이 논문은 바로 이런 영화 패턴에서 그 완성도를 검토한 것이다.

앞의 자료를 검토하면 최부 일행은 표류하다가 도적을 만나 생명의 위협을 당하고 또 왜구로 오인 받아 어려움을 겪게 된다. 그러나 조선의 관원임이 밝혀지고 그의 뛰어난 학식을 인정받은 이후는 대체로 평탄한 여정 속에서 견문으로 전개된다. 또한 그의 학문적 호기심에 기인하여 생소한 이국에서도 역사적인 곳을 방문하여 견문을 넓힌다. 여정의 후미에는 황제를 알현하는 영광을 얻기도 한다.

이런 과정에서 그의 예리한 관찰력과 섬세한 감성은 견문을 아름답고 실감나게 그려내었다. 하지만 콘텐츠로 개발할 경우 극적 즐거움을 더해 주는 반전이나 갈등, 위기, 해학 등이 부족하다. 따라서 이런 요소를 가미하고 오늘날 대중문화로 각광받는 Cool한 요소나 패러디를 더하여 재구성하고자 한다. 또 내용의 전달보다는 곳곳의 해프닝을 두어 보는 재미를 더하려 한다. 20C에 들어서 즉흥극적 요소를 강조하는 '해프닝'을 비롯한 다양한 현대극 실험은 희곡에서 공연으로 옮기려는 시도에서 비롯한다. 그리하여 현대 연극의 다양한 변화 과정 속에서 지나치게 문학 편중적인 입장은 퇴조하고[17] 곳곳에 해프닝을 묻어 순간의 재미를 더하였다. 이러한 요소들을 감안해 다음과 같은 구성으로 전개한다. 그리고 여기서 노정을 좀 더 세분화 시켜 노정 1, 2로 나

16. 조은하·이대범, 『스토리텔링』, (북스힐 2006), 124쪽 참조.
17. 이재명, 『극문학이란 무엇인가』, (평민사 2004), 125쪽.

눈다. 왜냐하면 기간이 가장 길고 실제 기행의 내용이 담겨 있기 때문이다. 그래서 이런 점을 감안하여 내용상의 5단계 전개보다는 2단계를 더 첨가하여 7단계로 만든 것이 전달 면에서 효과적으로 판단되었다. 그리하여 그 단계별 중심 화제를 개략하여 소개한다.

1단계 : 극의 시작단계로 시청자의 이목을 집중시킬 필요가 있다. 일반적으로 폭력적 장면이나 배드신, 또는 환타지아를 연출하여 시청자의 이목을 집중시키지만 이것은 실제적 역사물임을 고려하여 준엄한 분위기와 처연하고 신비감을 주는 음악으로 첫 문을 연다. 막쇠를 비롯한 생존자가 무덤 앞에서 회고하는 장면을 연출시킨다. 이러한 요소들이 복합적으로 작용하여 사건 전개의 준엄한 분위기를 연출하고 시청자들의 관심을 유도하는 설정을 둔다. 이때에 제작진과 출연진을 소개한다.

2단계 : 궂은 날씨로 출항이 취소되고 갈등이 빚어진다. 출항 후 얼마 되지 않아 태풍을 만나 배가 풍비박산이 된다. 끝없는 표류 그리고 그 가운데 갈등과 충돌을 담고, 해적을 만나 천신만고 끝에 중국에 도착하는 단계이다. 즉, 생사의 갈림길에서 부하들과의 갈등 및 충돌 그리고 극단적인 갈등에 빚어지는 사건들을 담았다. 또 해적들에게 강탈당하는 모습과 죽음의 위기를 맞이하는 순간들을 그려내었다. 이때에 표류 중 갈등과 충돌을 액션신으로 표출시킨다. 극적 긴장감을 더하고 극한 상황에 처한 인간의 처절한 생존에 대한 투쟁과 생사의 갈림길에서 파괴되는 도덕성과 위계성을 여실하게 그려낸다. 도중에 해적을 만나 위기에 처하고 천신만고 끝에 중국에 도착하는 단계로 죽음이라는 반전을 거듭한다.

3단계 : 천신만고 끝에 뭍에 도착했으나 왜적으로 오인 받아 도망다니다가 붙잡혀 결국 금광에 팔려가며 갖은 고생을 하는 단계이다. 여기서 중국의 여인 홍랑을 만나 그간의 고생이 반전된다. 현대 드라마의 극적 구조인 역설적 초연함을 연출하여 주인공의 이미지를 더욱 부각시킨다.

4단계 : 조선관원으로 밝혀지면서 비로소 고생이 끝난 듯했지만 또다시 정착하고자 하는 자와 돌아가려는 자와의 갈등과 충돌에 휩싸인 단계이다. 모든 것이 순조로울 것 같은 분위기였지만 대원들 간의 가치관의 충돌과 문화의 차이에 따른 여러 불안이 내재되어 있다. 또 중국인들에 이용당하는 모습이 연출된다. 극적 재미를 가미하고 휴머니즘을 잔잔하게 보여준다.

5단계 : 중국 여인인 화연과 애정이 얽혀지고 견문을 보여주는 단계로 설정했다. 여기서 인간적인 최부의 모습과 중국의 아름다운 풍광이 화려하게 크로즈업 된다. 다양한 전문적 지식들이 소개된다. 동시에 반전의 상황을 설정하였다.

6단계 : 황제를 뵙고 조선으로 돌아오는 모습과 『漂海錄』을 서술하는 과정을 담았다. 황제를 뵙기 위해 조선으로 돌아오는 금의환향의 분위기를 연출한다. 그러나 정작 고향에도 가기 전에 어명으로 『漂海錄』을 서술한다. 이후 당대 조선적 상황에서 최부가 죽음을 당한다.

7단계 : 무덤 앞을 비추는 단계이다. 즉, 첫 화면으로 돌아온다. 표류와 중국 기행이라는 특정한 상황에서 빚어진 생존을 위한 처절한 투쟁과 환국을 향한 강렬한 열정을 디졸브 기법으로 남긴다.

그런데 여기서 최부 자신의 자발적 기행이 아니라 자연 재해로 인한 비의도적 기행이며 일종의 사고라는 반전이 등장한다. 따라서 준비가 전혀 없는 상태에서 이국에 대한 두려움과 경이감 동시에 생존하기 위한 처절한 투쟁을 매우 극적인 요소로 표현한다. 더욱이 이 이야기는 중국 남방지방에 대한 조선인의 사실적인 견문 보고서이며 한편으로는 고난을 극복하고 의연하게 살아온 조선 문인의 기상을 살필 수 있는 훌륭한 문학작품이자 콘텐츠 자료이다. 때문에 이 내용은 작품으로서의 완성도를 위해 오늘날 대중적인 극적 기법 중에 하나인 Cool의 기법을 담았다.

현대인들이 문화콘텐츠를 통해 열망하는 속성을 나누어 보면 그 속에 Cool에 대한 갈망이 있다. 즉 첫째, 기존의 나르시시즘에 대한 도전. 둘째, 역설적 초연함. 셋째, 쾌락주의 등으로 요약할 수 있다.[18] 문화콘텐츠 역시 이런 대중의 요구를 수용할 때 설득력이 더할 것이다. 따라서 이 콘텐츠에서는 이런 Cool의 장점을 최대한 활용하여 만들고자 한다.

Ⅳ. 결 론

사람들은 일상적인 문화를 뛰어넘어 시공을 초월하여 콘텐츠를 즐기고자 한다. 그런 맥락에서 고전은 더 없는 문화콘텐츠의 보고이다. 대체로 사람들은 사실적인 문학이나 영화보다는 SF적인 황홀감을 느끼고 싶어하고, 때때로 시공을 뛰어넘어 과거로의 여행도 즐긴다. 특히, 동서고전을 배경으로 만들어진 문화콘텐츠는 교육적으로도 많이 활용되고 색다른 맛을 주기 때문에 더욱 사랑을 받는다. 사람은 이성적으로 미래지향적이지만 본능적으로는 과거에 더욱 친숙해 있기 때문에 고전콘텐츠는 성공가능성이 매우 높다. 그러나 중요한 것은 원형고전은 이미 학습으로 충분히 그 의미를 경험했기 때문에 재창조된 퓨전고전을 선호한다. 그래서 끊임없이 동일 고전에 대하여 다양성을 부여해도 새로운 맛을 획득할 수 있다. 이런 맥락에서 고전은 문화 창출의 마르지 않는 源泉이다. 그리하여 『漂海錄』을 이 시대의 문화코드의 한 양상인 콘텐츠로 만들어 보았다. 물론 최상의 상태로 완성된 것은 아님을 자인하지만 고전을 현대화하려는 시대적 열망에 부응한 신선한 시도에 의미를 부여할 것이다. 이제 이상의 것을 정리

18. 이동연, Dick Pountain and David Robins, 『세대를 가로지르는 반역의 정신 Cool』, (사람과 책 2003). 11쪽참조.

하여 마무리하고자 한다.

먼저 막쇠을 비롯한 생존자가 최부의 무덤 앞에서 회고하는 장면으로 시작한다. 이를 통해 사건 전개의 준엄한 분위기를 연출하고 시청자들의 관심을 유도하는 설정을 두었다. 이때에 제작진과 출연진을 소개한다. 다음으로 출항을 둘러 싼 갈등을 담고 표류 중 갈등과 충돌을 그려냈다. 이때 액션신을 연출시킨다. 극적 긴장감을 더하고 극한 상황에 처한 인간의 처절한 생존에 대한 투쟁과 생사의 갈림길에서 파괴되는 도덕성과 위계성을 여실하게 그려낸다. 도중에 해적을 만나 위기에 처하고 천신만고 끝에 중국에 도착하는 단계로 죽음이라는 반전을 거듭한다.

다음으로 표류 끝에 중국에 도착하였으나 왜적으로 오인을 받아 도망을 다닌다. 급기야 금광에까지 팔려가며 온갖 고생을 한다. 이때 역설적 초연함을 연출하여 주인공의 이미지를 더욱 부각시키는 쿨의 기법을 부각한다. 그러나 조선의 관원으로 밝혀지면서 비로소 고생이 끝난 듯했다. 하지만 대원들 간의 충돌과 문화의 차이에 따른 여러 불안이 내재되어 있다. 또 중국인들에 이용당하는 모습이 연출된다. 극적 재미를 가미하고 휴머니즘을 잔잔하게 보여준다. 한편 이때에 중국 여인과 애정이 얽혀지고 견문을 보여주는 단계를 설정했다. 여기서 인간적인 최부의 모습과 중국의 아름다운 풍광이 화려하게 크로즈업 된다. 다양한 전문적 지식들이 소개된다. 동시에 반전의 상황을 설정하였다. 극의 마무리 단계로 황제를 뵙고 조선으로 돌아오는 과정을 담았다. 그리고 어명으로 『漂海錄』을 서술하는 모습을 설정하고 또 고진감래에 대한 행복감을 보여준다. 하지만 당대 조선적 상황에서 최부가 죽음을 당하게 된다. 다시 무덤 앞을 비추는 단계로 회귀한다. 표류와 중국 기행이라는 특정한 상황에서 빚어진 생존을 위한 처절한 투쟁과 환국을 향한 강렬한 열정을 감동으로 남긴다.

작품을 평가할 때 우리 사회에서 일반화된 대중성이나 상업성에서 다소 자유롭고자 한다. 최소한의 손익분기점을 맞추어 줄 수 있다면 끊임없는 창조성에 그 의미를 두려한다. 이런 실험 정신이 풍만할 때 문화콘텐츠도 더욱 그 존재적 의미와 사랑을 획득할 수 있기 때문이다. 그리고『漂海錄』콘텐츠는 한중 문화교류와 우익 증진에도 기여할 수 있다고 본다. 이 때문에 어느 시점에는 이 콘텐츠가 영상물로 제작되어 중국과 한국의 많은 사람들에게 사랑받기를 희망한다.

〈참고문헌〉

- 中宗實錄
- 葛振家 点注, 《표해록》 (北京 社會科學文獻出版社 1992).
- 淸田君錦, 《唐土行程記》, 日本版, 1769.
- John Meskill, 〈Ch' oe Pu's Diary: A record of drifting across the sea〉 (The university of Arezon press, Tucson, 1965).
- 김재선, 「최부 '표해록' 與明代弘治年間之杭州地區景觀」『국제학술회의논문집』, (中國 西岸大學 1994).
 ______, 「최부 '표해록' 與明代弘治年間中國南北水陸交通及衛所之考察」, 『국제학술회의논문집』, (中國 西岸大學 1994).
 ______, 「남북인문사회생활」, 『국제학술회의논문집』, (中國 西岸大學 1994).
- 박기수, 「《삼국유사》설화의 문화콘텐츠 스토리텔링 전환 전략」, 『2007 만해축전』,
- 안영길, 『문화콘텐츠로서의 고전읽기』, (아세아문화사 2006).
- 윤치부, 「한국해양문학연구-표해록 작품을 중심으로」, (건국대 박사학위논문 1992).
- 이동연, Dick Pountain and David Robins, 『세대를 가로지르는 반역의 정신 Cool』(사람과 책 2003).
- 이재명, 『극문학이란 무엇인가』, (평민사 2004).
- 이재호, 『국역 연행록 선집 Ⅰ』, (민족문화추진회 1976).
- 이찬욱, 「시조문학 텍스트의 문화콘텐츠 연구」,『우리문학연구』21집, (우리문학회 2007).

- 장덕순, 「해양문학의 백미 "표해록"」, 『여행과 체험의 문학-국토기행』, (민족문화문고간행회 1987), 124-149쪽.
- 조은하·이대범, 『스토리텔링』, (북스힐 2006),
- 최기홍, 『금남선생 표해록』, (교양사 1979).
- 최래옥, 「표해록 연구」, 『비교민속학 10집』, (비교민속학회 1993).
- 최주현, 「최부의 《금남표해록》 연구」, (한양대교육대학원 석사논문 1994).

귀환(영화)

> 금남선생 최 공(崔公)의 휘(諱)는 부(溥)요, 자(字)는 연연(淵淵)이고 나주 태생이며 진사(進士) 휘(諱) 택(澤)의 아들이다. 그는 타고난 자질이 남달리 뛰어났으며 천품이 강직하여 남에게 굴하기 싫어하였고 사리에 정통하였으며 재지(才智)가 출중하였다. 성종 가을, 추쇄경차관(推刷敬差官)의 임무를 갖고 제주에 갔으며 무신(1488)년 윤정월 부친상을 당한 최부는 출항을 두고 의견이 분분한 가운데 길을 나선다. 출발한지 얼마 되지 않아 뱃길을 잃고 대양에서 표류하게 된다.

병풍 같은 하늘을 배경으로 버티고 있는 거대한 산을 올라가는 늙은이와 한 젊은이. 울어대는 매미 소리만큼이나 내리쬐는 햇살 사이로 손바닥만한 구름이 노쇠한 늙은이의 땀방울을 지켜주는 여름이다.

#Establishing shot –산의 풍경 전체적으로

다 늙어 힘겨운 발걸음으로 지팡이를 짚은 두 손에는 제법 힘이 들어가 있다. 그런 늙은이의 뒤를 따르며 산을 이리저리 둘러보는 젊은이의 모습 뒤로 올라온 산길이 아득하게 내려다보인다. 군소리 없이 따라오던 젊은이가 지쳤는지 늙은이를 향해 말을 건넨다.

안의 아들　아버지, 어디가유? 더워죽겄는디….

안의　(뒤를 돌아보며) 잔소리 말고 따라오거라. 애비는 네 녀석 만할 때 폭풍하고도 싸웠다! (한숨을 내어 쉬곤 혀를 차며) 젊은 것이!

안의 아들　아버지 그만하소. 귀가 떠나갈라 들었어라. 오매, 사람상한그….

안의　어서오거라!

안의　먼저 앞서 걸어가다가 어느 무덤 앞에 섰다. 꼬불꼬불 꼬여있는 길만큼이나 힘들었던 지난날을 생각하며 땀을 닦는 안의, 최부의 무덤 앞에 가까이 다가서며 아들을 향해 손짓한다.

안의　빨리 오지 못하고. (무덤을 가리키며) 이분이 내가 말했던 최부라는 어른이시다. 인사드려라.

안의 아들　(재빨리 무덤가로 다가섰다. 그리곤 고개를 숙여보였다.)

안의　(무덤에 가까이 다가서며) 나리…! 제가 왔습니다. 어쩌다 이 미천한 것보다 먼저 가시었습니까?

무덤 앞에 서있던 안의와 아들은 최부의 무덤 앞에 재배한다. 안의는 가지고 온 술을 꺼내고 아들은 아버지에게 술잔을 건넨다. 따가운 여름 어느 산 중턱 부자가 앉아 술을 주고받으며 안의에게 있었던 지난날을 회상한다.

안의　(아들을 향해) 네가 크면 이곳에 꼭 데려오고 싶었다.

안의 아들　(진지한 표정으로 안의와 무덤을 바라본다)

안의　힘들 때마다 여기서 나리를 생각하며 살아 갈 수 있었지.

안의　(깊이 한숨) 다 떠나버리고 나 혼자만 남았구나.

안의 아들 (아버지를 바라본다.)
안의 (자리에서 다시 일어나 최부의 무덤가로 다가간다.)

#Dissolve – 무덤 앞에서 흐느끼는 안의의 모습과 그런 안의에게 다가가는 안의 아들이 있는 산과 최부와 최부 일행이 나주에서 폭풍을 만났던 장면이 겹친다.

바다위에 표류선에서 2명의 사내가 칼을 들고 최부의 목을 치려 한다.

최부 누구냐?
건포, 달포 …….

날렵한 칼날이 최부의 목을 향해 내려쳤다. 순간 최부는 재빨리 몸을 돌려 피한다. 달포의 칼이 최부의 명치를 향해 날아오자 두 손으로 칼날을 잡아낸다. 달포가 칼날을 틀려고 하자 최부의 손에 핏물이 떨어진다. 순간 최부의 발이 사내의 명치를 찼다.

달포 헉……(쓰러진다)
최부 (칼을 들어 달포를 벤다)

순간 건포가 칼을 들고 최부의 등짝을 베었다. 최부는 쓰러졌다. 피가 흘렀다. 순간 정신을 잃었다. 건포가 최부에게 다가가는 순간 발소리가 들리고 건포는 도망간다. 이윽고 거이산과 안의 등장. 난파선 위에 죽어가는 사내의 처참한 모습이 눈에 띈다.

거이산 (소리치며) 아이고 이게 먼일이래?

안의 (달려가 최부를 일으키며) 나리!

최부 으….

#화면전환

거의 죽어가는 최부가 붕대에 감겨 한쪽에 누워있다. 이어 다시금 굼실대기 시작하는 험악한 싸움판이 벌어지려 한다.

안의 무슨 소란이냐!

최부 (거이산을 향해) 무슨 일인게냐?

거이산 저… 그게 나으리. 물과 식량이 부족한지라….

붕대를 감은 최부가 힘들게 거이산의 부축을 받고 일어선다.

안의 (걱정스러운 듯) 상태가 좋지 않습니다. 안정을 취하셔야 합니다. 나리.

최부 (안의를 뒤로한 체 앞으로 나서 매몰찬 목소리로 무리들을 향해 소리쳤다.)

최부 그토록 날 죽이고 싶으면 밝은 대낮 여기서 죽여라. 내가 여기서 죽은 들 물과 식량이 부족한 지금, 너희들이 살 방법이 있는 것은 아니잖으냐? 내가 죽든 너희가 죽든 우린 지금 모두 죽을 수밖에 없지만 힘과 마음을 합치면 살 수도 있다. 너희 중 누군가 나를 해하려 했지만 더 이상 묻지 않겠다.(애써 태연하려 한다.)

일행　……

안의　최부 나리의 말을 따라야 한다. 알겠나! 한 놈이라도 허튼 짓 하면 죽든 말든 내 개의치 않겠다.

햇살은 작열하고 마실 물마저 고갈되었다. 갈증에 지친 사람들은 견디다 못해 바닷물을 마신다. 그러나 갈증은 더욱 심해지고 속탈이 난다. 입술이 타고 굶주림에 사람들은 거의 빈사상태에 이른다.

거이산　(소리치며) 이대로 죽을 순 없다. 정 갈증을 못 견디겠으면 오줌을 받아 마셔라. 바닷물보다 오줌이 낫다.

여기저기서 바지를 내린다. 깨어진 사발에 오줌을 받는다. 그러나 오줌을 받아 놓고 마시지 못하고 망설인다. 이를 본 최부가 먼저 오줌사발을 빼앗아 마신다. 다들 놀란 눈으로 바라보다가 결국 눈을 감고 마신다.

권산　(익살스럽게) 그 보랑께 최부 나리가 마시면 다 마신당께.

그날 밤 배탈을 호소하는 사람, 굶주림과 공포에 삶을 포기한 사람, 악만 가득 남은 사람 등 실로 다양한 모습으로 제각기 바다에 떠 있다. 며칠이 흘렀다. 바다의 적막감 속에 더욱 굶주리고 먹을 것이 없다. 오줌도 이제 더 이상 나오지 않는다. 대부분 거의 희미한 눈으로 서로를 바라보거나 최부를 원망할 뿐이다. 그러나 사람의 목숨도 죽으란 법은 없는 듯 하다. 한 낮에 하늘이 점점 구름으로 가려지기 시작했다. 사람들은 소리쳤다.

일행들 천지신명이시여 저희를 굽어 살피소서.
거이산 죽이려면 지금 바닷물로 확 죽여 버리고 아니면 겁나게 한번 밀어서 뭍에 내려주이소! 목말라 죽겠습니더.
최부 천지신명이시어! 저희를 굽어 살피소서!

여기저기서 저마다 원망과 한탄 섞인 소리를 내뱉거나 절망하거나 아무렇게나 널부러져 있다. 하늘이 어두워지고 조금씩 내리는 빗줄기가 굵어진다. 덩달아 파도도 사납다. 입을 벌려 빗물을 마시거나 바싹 여윈 몸을 내밀고 여기저기 갑판 위를 소리치면서 몰려다닌다.

(시간 경과)

구름이 걷히고 햇살이 쨍쨍 내리쬐는 망망대해 위의 난파선은 더욱 무덥다. 갈증이 일어난다. 사람들은 모여 비에 젖은 옷을 짠다. 투박한 그릇에 옷을 짠 지저분한 물이 고인다. 그 지저분함도 아랑곳하지 않고 서로 마시려고 한다. 안의가 소리친다.

안의 너무 많이 마시면 안 된다!

최부에게 물을 가져가는 거이산의 모습이 안의의 뒤로 비춰진다.

일행1 저 물이 지꺼야?
일행2 아이, 저 나리가 출항하자고 고집만 안 피웠어도 이 고생은 없었을 텐데. 이제 와서 물도 못 마시게 해.

일행3 저런 놈은 바닷물에 처박아야 돼.

안의 여보게들 무슨 소리야! 자네들이 이렇게 난동을 피워 보았자 득 될 게 하나도 없어. 죽든 살든 함께 나리의 말씀을 따라야 하네.

일행들 염병할….

이렇게 또 하루가 흘렀다. 갈증은 더해갔고 굶주림에 지쳐 바닷물을 마음대로 마신 사람은 배탈을 하소연하면서 쓰러져 있거나 반미치광이가 되어 갑판 위에서 횡설수설 하거나 되지도 않은 노래를 불러댄다. 안의가 이들을 살피러 돌아다니며 거이산과 최부를 도와준다.

옷에서 짠 물도 거의 동이 났다. 결국 숟가락으로 갈증에 지쳐 입술이 다 탄 사람에게 조금씩 그 물을 입에 넣어 줄 뿐이다. 배 안은 거의 다시 빈사상태에 빠졌고, 죽음과 삶의 공포 속에 나들 탈진한 상태로 인간의 모습이 아닌 상태다.

–회상 장면–

바다를 바라보는 최부의 눈에 근심이 가득 서려있다. 그런 최부의 곁에 안의가 다가오며

안의 눈에 근심이 가득하십니다. 어서 떠나야겠지요?

최부 (여전히 바다를 바라보며) 안의. 자네는 이 고요한 바다를 바라보며 앞날을 생각해 본 적이 있는가?

안의 부친상으로 상심이 크실 줄로 압니다. 사람은 누구나 살고 죽는 것이기는 하나, 예측하지 못했던 일이라 슬픔이 얼마나 크실지 알 만합니다.

최부 앞이 보이지 않는 밤바다처럼 마음이 허전하다네.

안의 (최부의 곁에 더 가까이 다가서며) 동풍이 불고 있습니다. 이제 떠나시는 것이….

최부 (여전히 어두운 밤바다에서 눈을 떼지 못하며) 그래. 떠나야겠다.

일행들이 등선을 하고 있다. 그 뒤로 바다색만큼 짙푸른 먹구름이 아득하게 몰려오고 있다. 배는 바다를 가로지른다. 날씨는 점점 흐려지고 바람이 강하게 분다. 모두들 불안하거나 탐탁치 않은 표정.

권산 이거… 위험하지 않을까?

허상리 걱정 말게. 이 배는 수정사 주지가 준 튼튼한 배라네.

권산 한라산에 구름이 짙으니 배를 띄우면 안 되지 않는가?

허상리 …. (권산의 말을 듣고는 결심한 듯 최부에게) 오늘처럼 풍후불순하고 파도가 험악한 날에 바다를 건너는 일은 위험하오! 다시 별도포로 돌아갑시다!

안의 (앞으로 나서며) 일기는 미리 측량하기 어려운 일이다. 지금 구름의 유동을 보면 먹구름인 때도 있지만 걷히는 때도 있으니 어떻게 오늘 일기를 판단할 수 있겠소? (최부에게) 과거를 돌이켜 보면 왕명을 받들고 국무를 수행하는 조신들은 표류패몰한 일이 별로 없었습니다. 더욱이 사람들의 의견도 일치를 보지 못 하고 있는데 다시 돌아가서 출발을 지연시킬 수는 없다.

최부 (흐린 하늘을 바라보다가 결심한 듯) 안의의 말이 일리가 있다. 이미 바다로 나온 지금 다시 돌아갈 순 없다. 우리는 그대로 나아가겠다! 돛을 올려라!

인부들의 힘찬 손놀림으로 돛은 오르고, 돛의 표면은 흩날리는 빗방울로 젖어간다. 날은 저물고, 조수는 대단히 급하다.

초공 (다급히 달려와) 파도가 험합니다요. 이러다간 뭔 일이 나도 난다니까요!

최부 우선 장신처로 가는 게 좋겠네. 방향을 잃지 않도록 하게.

초공 하지만 나리. (작은 목소리로) 역시 돌아가는 게….

최부 (근엄하게 바라보며) 지금 무슨 소리인가. 어서가게!

초공 아. 네네. 그러죠.

비 쏟아지는 하늘은 곧 폭풍으로 변하고 바다는 마치 격전장이라도 된 듯 요란하다. 배는 곧 전복될 듯 기우뚱거린다. 그때 갑자기 큰 파도에 배가 휩쓸려 심하게 흔들린다. 그 충격으로 최부를 비롯한 일행들 전원은 모두 주저앉고 엎어진다.

안의 (휘청거리며 일어나 최부에게 다가가 부축한다.) 나리, 괜찮으십니까? 다치신 곳은 없으신지요?

최부 (안의의 부축을 받으며) 난 괜찮네.

배 안의 어수선한 풍경. 폭포수처럼 쏟아지는 빗줄기 때문에 앞이 보이질 않는다. 눈 앞을 가리는 빗줄기를 훔치며 일어서는 일행들은 겁에 질려 분주하고 소란스럽다.

안의 나리! 어찌해야 할까요? 무슨 수를 써야 할 것 같습니다.

최부 (잠시 생각하다가 우뚝 솟은 돛을 바라보며) 저 돛을 잘라버려야겠구나. 날샌 인부 몇을 부려 돛을 자르도록 하고, 선미에 단단히 매어두어라!

안의 예. 알겠습니다. (몸을 간신히 추스르고 달려가서 노를 젓고 있는 인부에게 최부의 명을 지시하는 제스처를 취한다.)

흔들리는 배 위에서 돛대를 찍어내는 일이 쉽지않다. 인부들은 도끼를 들고 몇 차례 시도 끝에 돛대를 찍어내고 쓰러진 돛대가 선미에 쓰러지려는 순간 또 한번의 큰 파도가 배를 덮친다. 그 충격으로 배 끝에 서 있던 일행 한 명이 배 밖으로 몸이 튕겨져 나간다. 다행히 돛대를 의지하여 간신히 매달려 있는 상태이다.

일행1 (돛대를 꽉 붙들고) 사…사람 살려! 이보게! 날 좀 살려줘!

일행2 (비명소리에 놀라 몸을 추스르고 일어나) 아이고…아이고 자네…. 이게 웬일인가! (사람들을 향해 소리 지르며) 여기 사람이 물에 빠졌다. 아이고, 이를 어쩌나….

달포 이럴 줄 알았어!

건포 윽, 일이 잘못 되면, 콱!

고함 소리에 하나 둘 선원들이 모이고 모두들 높은 파도에 겁을 먹어 선뜻 나서지 못하고 있다. 이 광경을 본 최부가 급히 달려와 간신히 버티고 있는 일행의 손을 잡으려 하나 때마침 큰 파도에 휩쓸려 선원이 사라진다. 선미에 있는 최부를 거이산이 잡아 이끈다. 건포와 달포 허망한 듯 검푸른 바다에 시선을 준다. 모두들 기진맥진한 상태로 서로의 얼굴을 바라볼 뿐이다. 긴장된 상태로 밤을 새고 전날 밤의 노고를 보여주는 듯 배 안에 여기저기 쓰러져 있는 선원들의 모습을 비춘다.

–다시 돌아와서–

초공 (손으로 동북쪽을 가리킨다) 나리! 섬이 보입니다요.

최부 (섬을 쳐다본다) 저것은 무슨 섬인가?

초공 저 섬이 흑산도 인 듯합니다요. 저 섬을 지나면 가고 또 가도 섬 하나 없는 대해(大海) 뿐입니다요.

일행들 (수심에 잠긴 표정) 우리 이러다 죽는 건 아니겠지? 응?

안의 무슨 쓸데없는 소리! 말을 함부로 하지 마라.

건포 (큰 소리로) 탐라해로는 아주 험악하기 때문에 대개는 순풍을 기다려 출발해야 하는데 이번에 성급히 출발하여 이런 궁지에 빠지게 된 것은 모두 경차관이 자취(自取)한 것이오. 그러니 경차관 나리가 책임을 지시오.

일행1　맞소! 맞소!

일행2　아무리 힘을 다해 뱃길로 나아가도 우리들은 죽는 것이 틀림없을 것이오. 우리는 그런 일에 힘쓰지 않겠소! 이왕 죽을 것이라면 차라리 요꼴로 편안하게 죽을라우.

일행들은 제각기 돌아서기도 하고, 명령에 불복종하려는 행동을 취한다. 어떤이는 그러한 그들을 말리기도 하나 꼼작도 하질 않는다.

최부　자네들은 진정으로 죽고자 한단 말인가? 그러한가? 그러해?

건포　이 배가 오래 갈 줄 아시오? 어째서 빨리 부서지지 않는 거야.

정보　나리, 제주사람은 어수룩한 듯 보여도 성질이 사나워 분이 날 때는 두서 없이 참지 못하고 이따위 말을 하곤 합니다.

최부　그들의 마음을 모르는 것은 아니나 상황이 이러하지 않는가! (잠시 생각하는 듯) 전날 풍랑에 다친 사람이 있을지 모르니 인원을 점검하게. (전날 풍랑을 겪은 고초를 보여주는 듯한 배 안을 서서히 둘러본다.)

초공　섬이야. 진짜 섬이 보인다!

일행1　맞다. 진짜 섬이다!

최부　그래 섬이다. 섬 쪽으로 배를 대어라.

표류 11일 만에 무인도에 배가 도착했다. 다들 굶주림에 지쳤지만 온갖 힘을 다해 무인도로 뛰어올랐다. 조그만 바위섬에는 사람의 기척은 없었다. 다만 산자락에 조그만 물줄기가 흘렀다. 다들 소리쳤다. 온통 입을 대고 물을 마신다. 몸에 물을 바르고 야단법석을 떤다. 시간이 흘렀다. 굶주림으로 인해 여기저기 나무뿌리를 캐오고 가재를 잡아왔다. 불에 굽고 다 들 풀뿌리를 씹어 허기를 채운다. 한 나절이라도 더 이상 지체할 수 없다. 배를 대충 고쳤다. 그리고 조개, 굴, 나무껍질, 가제, 물고기 몇 마리를 장만해서 배를 다시 띄었다. 해를 보고 방향을 잡았다. 조류를 타고 인근 해역에 도착할 수 있었다.

중국 영파부 근처의 바닷가 산자락에 배를 정착했다. 겨우 생존의 희망을 얻고 기뻐했다.

이정 이젠 살았어!

최부 고생했다. 자! 이 산자락을 따라 마을을 찾아보자.

오산 (주변을 둘러보며) 그런데 이상하다. 여기는 사람이 사는 곳이 아닌 것 같아! 사람이 살면 연기도 나고 밭도 있어야 하는데… 이게 뭐지? 왜 이렇게 조용해?

순간 화살이 날아와 최부 옆의 나무를 맞춘다. 또 하나의 화살이 날아와 거이산의 어깨에 적중했다. 다들 놀라 엎드려 몸을 숨긴다. 어디선가 일군의 산적들이 나타나서 에워싸고 있다. 순식간에 포위를 당한 셈이다. 이들은 이곳에 산채를 갖고 최부 일행이 오는 것을 보고 벌써 완전히 포위를 준비하고 있었다.

산적 야! 너희들 어디 놈이야? 순순히 가진 것을 내놓아라.

칼날이 번뜩거렸다. 산적들은 순식간에 최부 일행을 결박시키고 짐들을 빼앗아 갔다.

최부 우리는 조선인이요. 태풍으로 인해 여기까지 휩쓸려 왔소. 무엇이든 가져가도 좋으니 해치지는 말아 주시오.
산적두목 좋다 곱게 내놓는다면 목숨을 살려주지! 단 허튼 수작을 부리면 목을 잘라 저 나무에 걸어 놓겠다.

결국 산적들에게 털려 버리고 이들에게 이끌려 배가 있는 곳으로 왔다. 배의 닻과 노를 다 부러트리고 바다로 떠나가게 했다. 다들 소리쳤다.

모두들 안 돼!

모두들 헤엄을 쳐서 배를 향해 가자 이를 지켜보던 산적들은 킬킬거리며 사라졌다.

최부 나로 인해 고생을 하는 모습을 보니 미안하구나.
거이산 (배를 살펴보곤 최부와 안의에게) 다행히도 물이 조금 새었을 뿐 파손이 그리 심하지 않습니다.
안의 (군인들에게) 출발할 때는 다른 때와 달라 잠시라도 지체할 수 없었다. 일부에서는 떠나기를 재촉하지 않았나. 배가 혹시 파괴되었거나 전복되었으면 몰라도 지금은 배 상황을 보면 파손될 염려도 없고 물만 퍼내면 별로 이상이 없을 것 같으네.

최부　고맙네. 우리 이 난관을 빠져 나가 보세!

밤이 되었고, 강풍과 폭우는 그칠 줄 모른다. 파도는 갈수록 더욱 광란해져서 선체를 집어삼킬 듯하다. 최부는 이정의 손을 잡고, 정보의 무릎을 껴안고, 김 중은 최부의 곁에 있다. 다른 사람들도 좌우에 여기저기 흩어져 죽기만을 기다리고 있다. 배 멀미에 토하고 온갖 물건들이 다 뒤집어져서 난장판 그 자체였다. 일부 선원들은 배를 움켜잡고 거의 죽기 직전의 상태에서 똥을 누고, 넋이 나갔으며, 거의 시체나 다름없는 모습이었다.

오산　(멍한 눈으로 정신을 놓은 듯, 목을 매고 죽으려 한다.) 나는 더 이상 살 수 없어. 어머님, 어머님.

이정　(다급하게) 이보게! (빠른 행동으로 목을 맨 끈을 푼다.)

오산　어머니! 내 손 좀 잡아 주오. 나 좀 잡아 주오.

이정　(오산의 뺨을 후려치고 잡아 흔들며) 야 이 새끼야! 살아야지!

오산　흑흑. 이래서 살 수 있겠나? 죽고 말거야. 우리 모두 죽고 말 거라고!

거이산, 권산 (전력을 다해 배에 찬 물을 퍼내고 있다.)

최부　오산, 내 말 잘 들어! 배는 아직 완고해! 선실 안으로 들어온 물과 틈으로 들어오는 물을 퍼내기만 하면 위험을 면할 수 있어! 하지만 이대로 있으면, 죽을 뿐이다. 살아야 한다. 살아서 돌아가야 한다.

태풍이 멎고 날이 밝았다. 배는 더 이상 송판대기에 불과하다. 노를 저을 힘도 그들에겐 없다.

오산 ……. 젠장. 마누라가 왜 이렇게 보고 싶은 거야. (바가지를 들고 물을 퍼낸다.)

최부 불씨를 만들어 주위를 환하게 하라! (입고 있던 옷을 벗어 주며) 자, 받게나.

운선하던 권산은 암초를 발견하고 당황해서 어찌할 바를 모르고 있다.

초공 아… 암초가!

정보 (뒤로 다가와 초공의 입을 막으며) 쉬쉬. 지금 알려 봤자 공연히 시끄러워질 뿐이야. 항로를 봐서 조금 스칠 것 같지 않은가… 물만 좀 더 샐 뿐이니 사람들을 술렁이게 할 필요 없네.

초공 그래도 혹시 배 바닥을 긁히기라도 하면 큰일일 텐데…. 나리께 알리는 것이….

정보 우리 선에서 해결을 해 보도록 하지. 방향을 틀어 보도록 해.

초공 지금 파도와 폭우 때문에 우리 뜻대로 방향을 바꿀 수도 없는 거 잘 알잖소.

정보 (근심 가득한 얼굴로 한숨을 내쉬며) 그렇다면 하늘에 맡기는 수밖에 없지….

두 사람의 실랑이가 벌어지고 있을 때 최부와 일행들도 암초를 발견한다. 배가 암초와 가까워질수록 그것의 크기가 무시할 만하지 않음을 깨닫는다.

안의 나리. 죽을 때가 임박해졌습니다.

배가 암초 쪽으로 밀려간다. 다들 당황해서 어찌할 바를 몰랐지만 초공이 부러진 돛대를 가져왔다. 배가 암초 쪽으로 휩쓸려 가는 쪽에 돛대를 배에 묶었다. 묶을 끈이 없어 옷을 찢어 매기도 했다. 예상대로 배가 암초에 부딪혔지만 돛대만 부러지고 배가 튕겨 나갔다. 천만다행으로 배가 파손되는 것을 막을 수 있었다. 모두들 소리쳤고, 생은 이처럼 질기고 살 만한 것이라고 사람들은 느꼈고, 환희의 눈물까지 흘렸다.

바람이 좀 불고, 파도는 약해진 상태가 되었다. 다시 정신을 차리고 힘을 낸 전원은 돗자리를 돛으로 만들고 장간을 세워 돛대 기둥을 만든 후 그 전의 돛대 밑기둥을 쪼개서 닻으로 만들었다. 그러는 동안 배는 서쪽을 향해 흘러가고 있었다.

거친 파도가 숨 죽인 밤에,

안의 나리! 아무래도 이렇게 고생하는 것이 바다신께 제물을 안 바쳐서 이러는 게 아닌가 싶습니다. 하도 급하게 출발하느라 제사도 못 지내고 말입니다. 바다신이 노하여서 이러는 게 아닙니까?

일행1 맞습니다! 나리~! 제 생각도 같습니다. 배 타고 먼 길 떠나면서 용왕님께 제사도 안 지내고 떠난 것이 마음에 계속 걸립니다요.

일행2 지금이라도 가진 제물을 다 바치고 제사를 지내는 게 어떨까요? 그래야지 저희 마음이 조금이나마 편할 것 같습니다.

오산 나리! 나리 생각은 어떠신지요….

최부 (잠시 고민 끝에) 그래. 지금이라도 간단하게 제사를 지내도록 하지. 이렇게 혼란스럽고 지쳐 있는 선원들 마음이라도 편하게 해주는 길은 그 방법밖에 없겠네.

일행1 각자 자기에게 제일 귀중한 것을 내 놓게~!

일행2 바삐 나온 우리들이 무슨 귀중한 것을 몸에 지니고 있겠나. 난 내 아내가 쓰던 참빗이 달세.

일행3 (조그만 나무 조각을 꺼내며) 난 우리 애기 줄 놀이개가 다여. 우리새끼 생각하며 만든 건디... 이제 갓 돌이 지났는디... 이게 내게나 귀하지, 저 바다 용왕에게 이게 뭐가 귀하겠수~…. (바다를 바라본다.) 아... 내 새끼가 눈에 밟히네 그려.....

술렁이는 사람들 사이에서 최부가 말을 꺼낸다.

최부 (자신의 몸에 지닌 무언가를 꺼낸다.) 자~ 안의. 이걸 받게. 이것으로 제사를 지내게.

안의　나으리. 이게 무엇입니까?

최부　우리 집안 사람임을 증명하는 신분증과 같은 걸세.

안의　나으리! 그렇다면 중요한 것이 아닙니까?

최부　지금 중요한 것은 나를 표현할 신분증이 아니라, 이들의 마음을 편안케 하는 것이니 그리 하도록 하게.

안의　나으리…. 그렇다면 제 것도 꺼내겠습니다. (몸에서 옥빛이 나는 무언가를 꺼낸다.)

최부　자네, 그것은 무엇인가?

안의　나으리. 실은 제 부친이 관찰사로 계셨는데, 역모에 휩쓸려 낙향하고 말았습니다. 하여 이곳 먼 탐라까지 내려오게 되었습니다. 그리고 저는 깊은 병에 시달리시던 부친과 모친을 살릴 방도를 구하다다 의술에 뛰어들게 되어 그 공부에 전념을 하고 있었답니다. 그러다 나리를 만나게 된 것이죠. 이것은 제 아버님이 제게 주신 옥패입니다.

최부는 안의의 집안 내력을 알게 되고, 둘의 귀중한 것으로 제사를 지내게 된다.

밤이 되자 또 다시 사나워진 파도. 바람이 세차게 불어와 선원들은 눈도 뜨지 못하는 상황이었다. 초공은 울먹이며 어찌할 바를 몰라 한다.

초공　아이고~ 아이고~ 한치 앞도 보이질 않고, 어디로 가는지도 도대체 모르겠구먼~.

일행　망할 놈의 하늘! 제사고 뭐고 아무 짝에도 소용없네.

최부　(홑이불을 찢어 몸을 여러 번 둘러 감고 배 가운데 횡목에 몸을 묶는다.) 여러분들 힘을 내시오~! 모두 기둥에 몸을 감으시오~!

거이산　죽어도 같이 죽읍시다! 힘들 내시오!

오산　나도 그 짠물을 들이키고 죽는 것보다 스스로 죽고 말겠다! (활줄을 가지고 스스로 목을 매고 있다. 김율이 가까스로 말린다.)

김율　(놀라며) 아니 지금 뭘 하시는 거요? (오산의 활줄을 가까스로 뺏는다.)

오산　어차피 지금 죽으나 바다에 빠져 죽으나 상관없지 않은가? 마누라가 나만 기다리고 있을 텐데… 흑흑. (얼굴을 감싸쥔다.)

김율　왜 이러십니까! 정신을 찾으시오! 이러시면 안 됩니다. 이럴 때일수록 살아남아야 하지 않겠습니까. 이 미천한 것도 살겠다고 목숨 하나 부지하고 있지 않습니까! 몸을 귀히 여기십시오!

파도는 좀처럼 나아지려 하지 않고,배 안의 모든 사람들은 불안에 떨고 있다.

최부　권산! 권산!

최부　배가 부서졌느냐?

권산　손상은 있지만 움직일 수는 있습니다요.

최부　키가 유실 된 것이냐?

권산 아닙니다. 키는 꽉 붙들어 놓았습니다요.

최부 모두들 들었소? 파도가 아무리 험악하고 상황이 비록 급박해졌지만 배 안은 아직도 견고하여 파선까지는 쉽지 않을 터이니 물만 퍼내어 없애 버리기만 하면 살아날 수 있을 것이오! (거이산에게) 자네들은 건장할 뿐 아니라 일전에도 제일 앞장서서 선실 안 물을 퍼내지 않았는가?

거이산 예. 그렇습니다만, 지금은 일을 하려 해도 아무 도구도 없지 않습니까?

최부 (갑자기 칼을 빼어든다.)

거이산 아니~! 왜 이러십니까? 제발 살려 주십시오!

최부 (큰 목소리로) 너희들이 이대로 진정 죽기를 바라고 있느냐? 모두가 힘을 모은다면 살 수 있는 희망이 있는데도 죽음을 택한단 말이냐? 이대로 죽던지, 아니면 나와 함께 살 것인지를 택하라. 노력이라도 해보고 죽는다면 후회는 없을 것이 아니냐? 자, 나를 따르라!

오산 (혼잣말로) 그래. 죽더라도 마누라는 보고 죽어야지….

일행들은 최부를 바라보고, 결심을 한 듯 소리 지른다.

일행들 예! 따르겠습니다!

최부 그대들은 정신을 잃어서는 안 된다. 이제부터 우리 모두의 힘이 필요하다. (들고 있던 칼로 배에 비치된 소고 가죽을 찢어 물 푸는 도구를 만들어 거이산에게 건넨다.) 자, 이걸 쓰게.

거이산 네. 알겠습니다요! (일행들을 보며) 여보게들~! 어서 물을 퍼내자고~! 아직 희망이 있다고~!

일행들은 모두 물을 퍼낸다. 무릎까지 차 있던 물은 여러 사람의 협동으로 침몰을 면한다. 파도는 점점 잔잔해져 가고, 보수작업으로 인해 배 안은 이내 안정을 찾는다. 서서히 태양이 떠올라 그들의 이마를 비추기 시작한다. 일행들은 서로의 눈을 바라보며 하던 일을 잠시 멈추고 기쁨에 겨워 외치기 시작한다.

일행들 우리가 살았다! 해냈어! 해냈다고!

거이산 (기뻐하며 최부에게) 이게 다 나리 덕분입니다요!

오산 (눈물을 닦으며 혼잣말로) 내가 살아 있구나….

최부 이건 모두 여러분들의 노력에 대한 대가네. 그대들은 스스로의 생명을 구하였을 뿐만 아니라, 스스로의 생명을 구했기에 바로 옆에 있는 한 사람 한 사람의 목숨까지 구한 걸세! 자기를 귀하게 여기게! 그러면 타인도 살릴 수 있는 것이라네! 고맙네…!

일행들 (최부의 말에 감동하면서) 만세! 만세! 우리가 살았네!

그 후로 배는 며칠 동안을 떠나고 있다. 며칠 동안의 굶주림과 목마름으로 인해 일행들은 또다시 지쳐 있다. 한낮이 되고, 일행들은 여기저기 널브러져 있다. 며칠째 먹을 것은 동이 났다. 추위와 굶주림이 이제 절망보다 더 무섭다. 거기다가 마실 물마저 없다. 다들 배를 주리다가 초공이 나무막대기에다 실을 묶어 낚시를 만들어서 고기를 잡으려 했으나, 한 마리도 잡지 못했다. 굶주린 몇 명은 그것을 비웃었다. 그러나 그들 역시 말릴 힘조차 없었다. 추위와 쇠잔한 기운에 이제 더 이상 그들에게는 생에 대한 가능성이란 찾아 볼 수 없게 되었다.

고면(상인) (목말라 쇠약한 소리로) 아이고…. 일은 커녕, 이 몸뚱이는 움직이지도 않고…. 목이 마르오….

여기 저기 침 마른 소리들과 축 쳐진 사람들의 모습만이 배 안에 뒹굴고 있다.

근보(상인) (침 마른 소리로) 나는 뱃가죽이 등짝에 달라붙은 지 이미 오래요. 아, 아… 이러다 다 죽겠소….

일행 (바가지 내밀며) 이거라도 마실라우?

고면(상인) 이런 게 있음 진작 내놨어야지! 퉤~! 이게 뭐요?!

일행 뭐긴 뭐야~ 내 오줌이라오~.

고면(상인) (황당한 듯 바라본다.) 뭐야?!

근보(상인) (바가지를 뺏어들며) 안 먹을 거면 이리주오. 내 오줌통은 바짝 말라서 그것마저 없으니~ 꿀꺽꿀꺽~ 쓰읍~. 고맙네!

일행 뭘~. 함께 살아야지….

시간이 흐르고 비가 한 방울 한 방울 떨어지기 시작한다.

거이산 (의식없이 누워 있다가 얼굴에 떨어진 빗방울에 깨어)

비, 비다! (얼른 옷을 벗어 빗물을 받아 마신다.)

일행1 뭐! 비? 진짜잖아!

일행2 이놈의 목숨 끈질기기도 해라! 그래도 하늘이 죽진 말라나 보우.

다시 밤이 되고 여기 저기 널브러져 있는 일행들의 모습이 보인다. 시간이 흘러 새벽녘이 되고 초공은 섬을 하나 발견한다.

초공 (멀리 섬을 발견하고는) 유…유…육지다! 육지야!

하나둘 눈 비비며 깨어나는 일행들은 그 소리를 듣고 기뻐하며 어쩔 줄 모른다. 일행들은 배를 다 정착하기도 전에 배에서 뛰어내린다. 샘을 발견하고는 홀린 듯 달려가 물을 마셔댄다.

안의 (물을 한 모금 마신 뒤 최부에게 줄 물을 받아와 건네며) 나리!

최부 (물을 받으며) 고맙네. 선원들에게 죽을 끓여 먹이도록 하고 곧 다시 배에 오를 준비를 하시게.

불을 지피는 일행들.

일행1 (볼멘소리로) 뱃가죽이 등짝이랑 하나 된 지 오래구먼.

일행2 (맞장구치며) 그러게나 말일세. 쌀밥이나 두둑하게 먹었으면 좋으련만.

일행1,2 (이때 뒤에서 등장하는 안의를 보고 놀라며) 어이쿠,

오셨습니까.

안의 (뒤에서 그들의 대화를 듣고) 자네들 힘들어도 참게나. 우린 오래도록 굶었기에 죽을 먹어야 하네. 비록 풀죽이지만 내가 자네들 몸을 호전케 할 것을 구하고 있으니 염려 말게.

일행1,2 감사혀요.

최부 (섬 뒤로 펼쳐지는 병풍 같은 산을 바라보고 있다.) 아…!

경탄도 잠시, 정보가 달려온다.

정보 (헐떡이며) 나리~ 나리~ 지금, 지금 우리 배 근처로 중선 2척이 다가오고 있습니다. (다급히) 어서 상복을 벗고 관복으로 갈아 입으시지요.

최부 무엇이 걱정이더냐. 해상에서 표류당한 것도 운명이고, 여러 번 죽을 고비를 넘기며 살아난 것도 운명이거늘.

정보 (여전히 걱정스레) 그렇지만 저들은….

최부 걱정하지 말게나….

멀리서 배 2척이 가까이 다가온다. 정보가 최부 앞에 꿇어 앉으며 말한다.

정보 상복을 벗고 관인의 모습을 보이십시오. 그렇지 않으면 저들은 반드시 우리를 해적이라고 떠벌리며 모욕을 가할 것입니다.

최부 해상에서 표류한 것도 하늘의 뜻이요, 여러 차례 다시 살아난 것도 하늘의 뜻이다. 이 섬에 이르러 저 배를 만나는 것 또한 하늘의 뜻인데 어찌 이를 어기고 속임수를 행하겠는가!

잠시 후 두 척의 배가 점점 가까워져 서로 만나게 되었다. 배는 10여 명이 탈 만한 크기였다. 그 배의 사람들은 모두 검은 솜바지를 입고 있었고 짚신을 신었으며 손과 머리를 헝겊으로 싸맨 사람도 있었다. 또한 죽엽으로 만든 삿갓과 종피로 만든 도롱이를 입은 사람도 있었다. 떠들썩하게 시끄러운 소리로 그들이 중국인이라는 것을 알게 되었다.

최부 (자신이 쓴 편지를 정보에게 건네며) 이것을 전하게.

정보, 최부에게 받은 편지를 중국인에게 건넨다.

중국인 (최부의 편지를 보고 정보에게 중국어로 대답한다.) 이곳은 대당국 절강의 영파부 지방이며, 이틀이면 육지에 갈 수 있소. 우리가 안내하겠소.

최부 (돌아온 정보에게 초췌해진 선원들의 모습을 둘러보며) 신호를 보내게.

좋다는 신호를 보내자, 중국 배가 앞장선다. 중국 배를 따라가니 배를 댈 수 있는 곳이 나오고, 생선이 말려져 있는 어느 집으로 안내되었으며 먹을 것과 잘 곳이 마련되었다.

중국인 다들 많이 피곤한 듯하니, 오늘은 여기에서 좀 쉬는 것이 어떻겠소?

최부 (중국어로) 이렇듯 선심을 베풀어 주시니 어떻게 보답해야 할지….

중국인 그런 것은 신경쓰지 마시오. 피곤할 테니 들어가 쉬도록 하시오.

최부 감사하오. 그럼 편히 쉬겠소.

안내된 집에서 오랜만에 보는 음식들로 입이 벌어진 일행들.

일행1 음, 이게 얼만 만에 먹어 보는 음식이야!

일행2 얼씨구~ 좋구나~ 좋아~! 이대로 죽어도 여한이 없겠구만!

배불리 먹고 잠든 일행들의 방 앞에 누군가가 서성거린다.

최부 뜻밖에 환대를 하니 아무래도 이상하다. (안의에게) 혹시 모르니 자기 전 한 두 명 보초를 세우게.

안의 예, 나리.

밤이 깊어 호위무사마저 졸음에 겨울 새벽녘 즈음, 숙소의 문이 발칵 열리고, 중국인들이 무리지어 들어온다.

중국인 도적들 (시퍼런 칼을 내밀며) 일어나라! 어서! 너희들이 가진 금은 보화를 모두 내놓아라!

여기저기 부스럭서리는 소리가 들리고 일행들이 뒤척이며 잠에서 깨어난다. 도적들을 보고 겁에 질린 일행들 속에 최부가 앞으로 나와

최부 웬 소란이오?
중국인 도적1 먹여주고 재워 줬으면 은혜를 갚아야 하는게 사람의 도리가 아닌가. (칼로 위협하며) 어서 너희가 가진 금은 보화를 내 놓아라!
최부 (침착하게) 은혜라면 당연히 갚아야지요. 그러나 우리는 금은 보화를 가지고 있지 않소.
중국인 도적2 그거야 뒤져 보면 알 것이 아닌가.

앞에 선 중국인이 눈짓하자 최부 일행의 짐을 마구 뒤지기 시작한다. 또 옷 수색까지 했다. 이 때, 중국인 도적 하나가 최부의 마패를 가져가려 한다.

안의 (화들짝 놀라며) 아니 되오! 그것만은 아니 되오! (필사적으로 마패에 매달린다.)
중국인 도적2 그까짓 것 나도 필요 없다고! 에잇, 퉷~!

중국인 도적, 마패를 안의 앞으로 던진다. 안의는 안심하며 소리없이 마패를 주워 최부에게 건넨다. 갇혀 있는 최부와 그 일행들.

다음 날.

중국인 도적3 (칼을 들어 위협하며) 생명이 아깝거든 당장 금은 보화를 내 놓아라!

최부 없는 금은 보화를 어찌 내 놓으란 말이오? 배 안에 있는 건 모두 가져도 상관하지 않겠소만, 이 사람들 목숨 만은 귀히 여겨 주시오.

중국인 도적3 (노발대발하며 최부의 머리채를 잡아당긴다.) 너 같은 놈도 목숨이 아까운 줄은 아느냐? 그럼 순순히 내 놓으면 될 것이 아니냐!

중국인 도적4 (다가와서) 정말 아무것도 없어~!

중국인 도적3 (잡았던 머리채를 내팽개치며) 뭐야, 허탕이야? 괜한데 힘썼잖아! 갈 길이 바쁜데, 퉤~! 철수해!

거이산은 권산에게 눈빛을 보낸다. 그리고 거이산이 먼저 뒤돌아가는 그들에게 슬며시 다가가서 도적 한 명의 칼을 빼앗는다. 그리고 옆에 있는 도적의 칼도 순식간에 빼앗은 후 다른 한 칼을 권산에게 던진다. 다시 옆에 선 도적의 칼을 빼앗아 최부에게 던진다. 무예도 뛰어난 최부는 얼른 받아 챈다.

도적들은 거이산과 최부의 날렵한 몸짓에 압도당한다. 최부 일행은 도적들을 결박하고 무릎을 꿇게 한다.

최부 너희들은 죽어 마땅하지만 나 또한 은혜를 베풀어 목숨만은 살려 주겠다. 권산!

권산 예.

최부 신상을 파악하고 일행들을 점검하게 그리고….

건포, 최부의 눈치를 본다. 주위를 둘러본 후 앞에 있는 도적 한 명의 결박을 푼다. 도적은 의아한 눈빛으로 쳐다본다. 곧 그 의미를 알았다는 듯이 도망을 친다.

거이산 (도망가는 도적을 보고) 잡아라!

거이산과 몇 명의 일행이 뒤를 쫓는다. 안의가 건포에게 다가간다.

안의 어찌된 일이냐?

건포 결박이 느슨해진 것 같습니다.

안의 (의심스러운 듯) 도적이 안 잡히길 바라거라.

도적은 해안가 돌이 쌓여있는 곳에서 멈춘다. 옆에는 횃불이 켜져 있다. 거이산 일행도 멈춘다.

거이산 (숨을 몰아쉬며) 이놈이 도망가 봤자지 어서 붙잡거라

일행이 도적에게 다가가던 순간 도적이 횃불을 들고 돌이 쌓여있는 곳으로 던진다. 그러자 돌에서 연기가 피어오른다.

거이산 봉화다. 네 이놈을...뭣들 하느냐 어서 붙잡거라!

거이산 도적을 붙잡아 최부 앞으로 데려간다.

거이산 이놈이 봉화를 올렸습니다.
최부 도움을 요청했을 것이다. 어서 서둘러 이곳을 떠나야 한다.
안의 (도적을 보고) 누가 너를 풀어줬느냐?

도적, 건포를 가리킨다.

안의 그래 널 줄 알았다. 지난 배에서의 일도 네 놈의 짓...

권산 급하게 뛰어 들어온다.

권산 배 여섯 척이 이쪽으로 오고 있습니다.
최부 어서 서둘러라!
안의 (건포에게) 운이 좋지 않았다면 여기서 끝이 났을 것이다. 지금까지의 정을 생각해 살려 줄 테니 우리 일행을 따라 오지 말거라.

최부 일행은 서둘러 자리를 피한다. 일행은 깊은 산 속을 지나고 있다.

최부 이 산은 육지와 연결되어 있으니 길은 분명 사람 사는 마을과 통하고 있을 것이다.
안의 힘들 내거라.

해안에 도적들은 대화를 나누고 있다. 한 명이 고개를 끄덕이고 건포에게 다가간다.

건포 내가 당신 도적들을 살려 준 거나 다름이 없소.
도적 (칼을 뽑으면서) 우리에겐 다 똑같은 놈으로 보일 뿐이다.

도적 칼을 휘두르고, 건포 쓰러진다.

최부 일행 계속해서 산 속을 걷고 있다.

안의 건포란 놈이….
최부 (단호하게) 지금은 우리가 사는 것이 중요하네. 살 수 있는 방법을 찾아야해.
일행1 아이고 나으리 죽겠습니다요.
일행2 (발을 절뚝거리며) 아이고 다리야!
일행3 자네 그 다리로 걸을 수 있겠나?
일행2 걷지 않으면 어쩌겠나…. 여기서 죽으란 건가! 이런~ 흥!
안의 (일행들을 보고) 일행들이 지쳐있습니다. 잠시 쉬어감이 어떨지….
최부 여기서 잠시 쉬도록 하지. 권산을 불러 오게.
안의 (큰 소리로) 여기서 잠시 쉬도록 한다. 권산!
권산 예.
안의 나으리가 찾으시네.

일행들 모두 휴식을 취하고 있다. 최부와 권산 앉아있다.

최부　일행들이 몹시 지쳐있네. 힘든 건 알지만 자네가 앞 쪽을 살피고 오게나.
권산　예, 알겠습니다.
최부　(걱정하는 말투로) 우리의 목숨이 달려있다는 걸 명심하게.

안의는 부상당한 사람을 치료하고 거이산을 주위를 살펴보며 경계를 하고 있다. 최부 하늘을 보며 생각에 잠겨 있다. 얼마 후

권산　(뛰어오며) 있습니다. 있어!
최부　마을이 있는 것이냐?
권산　10리 정도 앞에 마을이 있습니다.
안의　다행이다. (일행을 바라보며) 어서 힘들내거라.
모두들　(기뻐하며) 아~ 살았어, 살았다구!
최부　우리에게 최대한 적개심이 생기지 않도록, 말과 행동을 조심하라고 일러두게.
안의　알겠습니다.

마을에 이르자 사람들이 구경하러 모여든다.

최부　안녕하십니까. 우리는 조선에서 온 사람들입니다.
사람들　(고개를 끄덕인다)

이때 용모가 뛰어나고 영리해 보이는 두 사람이 나와서 묻는다.

남자1 조선사람? 그렇다면 어찌하여 이런 허름한 차림으로 이곳까지 오게 되었는가? (적대적으로) 당신들은 혹시 왜적이 아닌가!

최부 (손을 내저으며) 그건 아니오. 진정하시오. 나는 본디 조선의 신하라오. 해도에서 임무 수행을 하던 중 부친상을 당해 급히 가는 길에 심한 태풍을 만나 이곳까지 오게 되었소. (답답해하며) 우린 왜적이 아니니 도와주시오.

남자2 당신들의 말을 증명할 수 있소? 우리 마을로 들어온 이 많은 낯선 사람들을 우리가 뭘 믿고 받아 준다는 말이오?

남자1 (남자2를 향해) 말을 듣고 보니 지쳐 보이기는 하나 왜적은 아닌 것 같군. 처지가 딱해 보이니 일단 요기 거리라도 나눠 주겠소.

최부 내 꼭 은혜는 잊지 않도록 하겠소.

마을 사람들이 여러 음식들을 내어놓는다. 배가 고팠던 차에 음식을 만나 최부 일행들은 허겁지겁 음식을 먹기 시작한다.

남자2 아니, 우리가 먹을 음식을 사람들에게 대체 왜 나누어 준단 말입니까?

남자1 (남자2에게 다가서서 소곤거리는 목소리로) 허허. 내가 다 생각이 있어서 그렇다네. 조용히 하고 이쪽으로 와보게나.

남자 1·2가 좀 떨어져 속닥거린다. 이런 둘의 행동을 보고 안의가 최부에게 바짝 다가가 말한다.

안의 저들의 눈빛이 심상치가 않습니다. (저 모습을 보니) 우리에게 음식을 나누어 주는 것이 의심스럽습니다.

최부 (걱정스러운 듯) 안의의 말을 듣고 보니 저들의 눈빛과 행동이 예사롭지가 않구나. 그러나, 지금 무엇을 할 수도 없는 처지가 되었으니 일단 허기진 배를 좀 채워 놓고 만약에 대비할 방법을 생각해 보도록 하세. 경계를 늦추지 말게!

이때 남자1·2가 최부에게 다시 다가와 말을 건넨다.

최부 흠흠…. (어색하게 웃으며) 덕분에 그 동안 허기진 배를 다 채웠소. 내 어찌 이 고마운 마음을 보답해야 할지.

남자1 별말씀을. 보답이야 어렵지 않소. (조소를 띄면서) 나를 따라오시오.

이미 날이 저물어 있었고, 가느다란 빗줄기들이 최부와 그의 일행을 향해서 쏟아져 내렸다. 최부, 남자를 따라가며.

최부 어디로 가는 겁니까?

남자1 날이 저물었으니 거처를 마련해 드려야죠!
최부 마을에서는 점점 더 멀어져 가는 것 같은데….
남자2 (퉁명스럽게) 그거야 가보면 알거 아니겠소?

안의와 최부가 불안한 눈빛을 보내고 있을 때 같이 가던 남자1이 손을 이용해 삑~ 소리를 내자 숲 속에서 한 무리가 나타난다.

무리대장 이 놈들이오?
남자1 그렇소. 다들 밥도 많이 먹여 놨으니 일하는 것에는 전혀 지장이 없을 거요. 게다가 인원도 이렇게 많으니 이정도면 충분하지 않소?
무리대장 (돈을 건내며) 좋소!

남자1의 대화를 들은 최부와 안의

최부 (조용히) 우리를 팔아 넘긴다는 말인가?
안의 처음부터 친절을 베푸는 놈들이 수상했습니다.

무리가 최부 일행을 모두 붙잡아 손을 뒤로 하여 꽁꽁 묶기 시작한다.

권산 아니 이놈들이! 무례하게 이게 대체 무슨 짓이냐!
남자1 너희가 왜적이건 조선인이건 이 땅에서 편히 살기는 힘들 것이다. 그나마 우리 덕에 목숨은 지킨 줄 알거라~.

거이산　이 무례한 것들을 봤나! 너희들이 이런 짓을 하도록 지켜만 보고 있을 줄 아느냐! 나으리!

남자2　너희 나으리가 무슨 힘이 있느냐 어쩔 수 없을 것이다. 하하하

최부 일행 속에서 나와 무리 대장 앞에 무릎을 꿇는다. 안의도 앞으로 나오려 하지만 무리에게 잡힌다.

일행　나으리!

권산, 거이산　이놈들 두고 보자!

최부　여보시오. 나는 조선의 관리요. 우리는 조선 땅에 반드시 돌아가야 하오. 나라를 저버리고 그곳에 있는 부모자식을 버리고 이곳의 노예로 살 수는 없는 노릇이 아니오. 제발 우리를 놓아 주시오!

무리대장　노예로 팔려 온 주제에 어디서 감히, 내가 너희 모두를 죽일 수도 있다는 걸 명심해라.

최부　(당당하게) 내 목숨을 바쳐서라도 이곳에서 나갈 것이오

남자1　어허 말이 많아. (최부를 보며) 이들을 데려가!

빗줄기가 굵어지며 무리에 의해 최부 일행은 또 다른 마을로 이송된다.

무리대장　이놈들을 한 방에 다 쳐 넣고 도망가지 못 하도록 수시로 주변을 잘 지켜라.

무리　네, 알겠습니다.

방 안에 들어온 최부 일행.

일행들 (통곡하고 울부짖으며) 아이고, 이젠 어떡하란 말입니까?

거이산 (울먹이며) 나으리, 어찌 그러셨습니까?

권산 나으리 잘못이 아닙니다.

최부 (일행 모두를 향해 낮은 목소리로) 내 모두에게 부끄럽소. 미리 이런 일을 예측하지 못해 그대들을 고난에 빠지게 한 것이 죄스럽기만 하오. 내가 무릎을 꿇은 것은 살려 달라는 애원이 아니고 살아서 반드시 조국으로 돌아가겠다는 약속이오. 반드시 돌아갈 것이야.

일행들 나으리.

안의 무슨 일이 있어도 다 같이 이곳을 빠져나가야 한다.

밤은 점점 깊어가고 최부 일행들도 하나 둘씩 잠들었다. 내리는 빗소리에 최부의 마음은 점점 더 심난 해져만 가고 비가 그치자 정적이 흐른다. 타지에 와서 겪는 이루 말할 수 없는 고통과 함께 새벽이 밝아 온다. 밖에서 시끄러운 소리가 들리더니 무리대장이 작업복을 가지고 와서 간신히 잠든 최부와 일행을 깨운다.

무리대장 (몹시 거칠게) 야~ 이놈들아. 어서 일어나지 못해? 할 일이 쌓여 있다! (옷을 내던지며) 옷들 챙겨 입고 밖으로 나와!

안의 아니, 이게 무슨 무례한 일이란 말이오! 일어나자마자 일이라니.

권산　먹을 거라도 좀 주고 일을 시켜야 할 것이 아니오!
무리대장　아직도 이것들이 정신을 못 차리고! 썩 나와!
거이산　그럼 우리 나으리만이라도 식사를 대접해 주오. 이분은 조선의 관리란 말이오!
무리대장　관리? (비꼬듯) 지금 조선의 관리가 여기서 무슨 힘이 있어?! 쓸데없는 소리들 집어치우고 어서 나와!
안의　괜찮으시겠습니까?
최부　나는 괜찮으니 어서 가도록 하게. 일단 그들의 말을 순순히 듣는 모습을 보이다가 빠져나갈 기회를 엿보도록 하지.

최부 일행은 옷을 갈아입고 밖으로 나와 무리들의 지시에 따라 산으로 올라간다. 무리와 최부 일행이 광산 앞에 섰다.

안의　(깜짝 놀라며) 광산인가?
권산　저놈들의 무례함에 할 말이 없습니다.
일행1　아이고~ 우리더러 지금 광산에서 일을 하라는 거야?
일행2　그때 차라리 바다에 빠져 죽는 게 나을 뻔했네 그려~.
무리대장　너희들은 여기서 구리를 캐야 한다! 구리를 많이 캔 놈에게만 아침밥이 주어질 것이니 게으름들 떨지 말고 열심히 일해!
거이산　이보시오! 우리는 이런 일을 할 노예가 아니오! (답답해하며) 여기 조선에서 큰 직책을 맡고 있는 분도 계시단 말이오!
무리대장　잔말 말고 아침 먹고 싶거든 일이나 해!

최부　(안의, 권산, 거이산에게 침착한 어조로) 일단 일을 하면서 정황을 살펴 이곳을 빠져나갈 방도를 찾기로 하지. 이것은 쉬운 일이 아니네. 저들의 수만 봐도 우리의 두 배가 되지 않나?
(침착하게) 일단 이곳의 지리를 파악해 빠져나갈 곳을 알아본 다음, 매일밤 계획을 짜서 실행해 보는 것이야.

안의, 권산, 거이산　네, 알겠습니다.

최부　일단 주어진 일들을 열심히 하는 척하시게. 계획을 들켜선 안 되니. 절대 저들의 의심을 사서는 안 되네.

일행들은 무리의 감시 하에 광산으로 들어간다.

무리대원　자! 이제부터 너희들은 구리를 캔다! 다들 열심히 하도록! 안 그러면 이 채찍이 가만있지 않을 것이다!

무리대원은 음흉한 미소를 지으며 채찍질하는 시늉을 한다.
최부 일행은 구리를 캐기 시작한다.

거이산　(최부에게) 나리, 나리 몫은 제가 대신 하겠습니다.
나리는 이런 일을 하실 분이 아니지 않습니까….

무리대원　(큰소리로) 거기, 뭐라고 지껄이고 서 있는 거냐!

거이산　(다가오는 무리대원에게 가서) 이보시오.
우리 나리 몫은 내가 다 할 터이니 우리 나리는 쉬게 해주시오. 이분은 이런 일을 하실 분이 아니란 말이오!

무리대원 뭣이! 채찍 맛을 봐야 정신을 차리겠느냐!

무리대원은 채찍으로 거이산을 사정없이 때리기 시작한다.

거이산 악! 사… 살려 주시오!
최부 이보시오!
내가 일을 많이 할 테니 그 자를 봐주시오. 부탁이오.
무리대원 (못마땅한 시선으로 거이산을 쳐다보다가) 알았으니 빨리 가서 일하도록 해!

무리대원은 거이산을 최부 쪽으로 밀친다. 최부 일행과 여러 다른 무리들이 힘겹게 일을 하고 있다. 때마침 무리대장은 일꾼들이 일을 잘 하고 있는지 감시하러 나와서 살펴본다. 그때, 사내 3명(양란과 사내1, 2)과 처녀(화연)가 밧줄에 묶인 채 최부 일행 앞을 지나가다가 무리들의 채찍에 의해 바닥에 주저앉는다.

무리대장 (무리대원 하나를 손짓으로 부르며) 음… 저들은 어떻게 해서 끌고 왔나?
무리대원 예. 산 속에서 길을 잃고 헤매고 있어 끌고 왔습니다요.
무리대장 음…그래? 여자애 얼굴이 꽤나 곱구나.
(음흉한 표정을 지으며 귓속말로) 잠깐 내 방으로 들게 하거라.
무리대원 (뭔가 알아챘다는 표정으로) 아…예! 대장님.

무리대원은 무리대장에게서 멀어지며 일행이 묶여 있는 쪽으로 가서 처녀의 몸에 묶여 있는 끈을 거칠게 푼다.

양란　(화들짝 놀라며) 아이고, 아씨!
사내1　네 이놈! 이게 뭐하는 짓이냐!
사내2　산 속에서 길만 잘못 들지 않았어도 이런 일은 없는 건데. 네 이놈들 우리 아씨한테 손 끝 하나라도 댔다가는 가만있지 않을 줄 알아라!
무리대원　이놈들이 어디서 방정이야!

최부 일행은 사내들의 대화를 듣고 심상치 않은 분위기를 느낀다.

안의　나리, 아무래도 뭔가 잘못되고 있는 듯 싶습니다.
최부　(고민하는 눈초리로) 그래, 나 역시 예감이 좋지 않구나.

최부 일행과 잡혀온 사내1, 2와 양란은 뒤따르는 채찍질에 못 이겨 광산으로 들어간다.

저녁. 막사 안.

최부　(권산에게 조용히) 아무래도 안 되겠다.
나와 함께 처자가 있는 곳으로 가보자꾸나.
권산　네. 알겠습니다.

최부와 권산은 무리대장의 막사 앞에 숨어 있다. 막사 앞에는 보초병 두 명이 지키고 있다.

권산　나리, 저기 누가 지키고 있는데 어쩌면 좋겠습니까?
최부　너는 시키는 대로만 하거라.

최부에게 귀띔받은 권산이 보초병 쪽으로 다가간다.

권산　(배를 움켜잡고 바닥을 구르며) 아이고, 아이고 배야, 아이고 사람 죽네.
보초병1　(권산에게 다가가며) 이봐, 무슨 일이야. 괜찮은 거야?
권산　아이고 배야, 사람 죽것네.
아무래도 빈속에 갑자기 요기를 했더니 탈이 난 거 같은데...
보초병2　에이, 귀찮게시리...이봐, 일어나봐. 일어날 수는 있는 거야?
권산　물, 물이라도 좀...
보초병1　가지가지해요, 정말...
(보초병2에게) 야! 물 좀 떠와.

보초병2 물을 가지러 간다.

보초병1이 권산에게 정신이 팔려 있는 사이 최부는 보초병1 뒤쪽으로 다가가서 제압한다. 한편 방 안에서 비명 소리가 들린다.

저녁. 방 안.

어두워지는 날과 함께 무리댕장의 눈빛이 더욱 음흉하게 변한다. 무리대장은 한손으로 화연의 허리를 잡고 다른 한손으로는 화연의 옷고름을 과격하게 풀어 헤치기 시작한다. 화연은 있는 힘껏 뿌리쳐 보려 하지만 무리대장의 손을 벗어나지 못한다.

화연 (눈물을 흘리며) 아아……왜 이러십니까. 제발 이러지 마셔요. 흑흑….

무리대장 어허. 가만 있지 못할까!

무리대장은 화연의 따귀를 매몰차게 때린 후 화연을 바닥에 내동댕이 친다. 화연을 붙잡고 치마를 걷어 올리려 한다.

화연 (눈을 부릅뜨며 경멸하는 눈빛으로) 네 놈이 저지를 짓을 알고도 내 오라버니가 가만있을 성 싶으냐?

무리대장 아니, 이것이 어디서 눈을 부릅뜨고 게야! (더욱 세게 화연의 두 손목을 잡으며) 얌전히 있어!

무리대장은 화연의 윗옷을 거칠게 벗겨 낸다.
그 때 최부가 문을 박차며 방 안으로 들어온다.

최부 그만두시오!

무리대장 (놀란 듯이) 아니. 넌 뭐하는 놈이냐? 어떻게 여기에?

최부 당장 그 손을 놓으시오.

무리대장 (여자의 손을 꽉 잡고) 여기가 어디라고! 여봐라! 밖에 누구 없느냐!

최부는 보초병에게 뺏은 칼을 무리대장 목 앞에 들이댄다.
잔뜩 겁을 먹은 무리대장은 식은땀을 흘린다.

최부　지금 소리를 지른다면 이 칼로 목을 베어 버릴 것이오!
　　　지금 당장 그 여인을 놔주시오!
무리대장　아…알겠다. 지금 놓아 주겠다.
　　　(화연은 최부의 뒤로 숨는다.)

그 때 쓰러져 있는 보초병을 본 무리대원들이 방 안으로 들어온다.

무리대원　대장님! 무슨 일이십니까?
무리대장　(무리대원들에게) 섣불리 행동하지 말거라.

무리대원들 최부와 화연, 권산을 둘러싼다.

무리대장　자, 칼을 거둬라. 너의 일행을 생각해라.
최부　(생각을 하다 칼을 거둔다.)

최부가 칼을 거두는 순간 무리대원들이 최부에게서 칼을 빼앗는다.

권산　(다급하게 소리치며) 나…나리! 어쩌면 좋습니까?
무리대장　밖으로 나와라.
　　　남자답게 칼을 겨뤄서 끝장을 봐야겠다. (비장한 표정으로)

무리대장과 최부는 결투를 벌인다.
무리대장의 칼이 최부의 팔을 스친다. 붉은 피가 흘러 나온다.

화연 악!
나, 나리.

무리대장이 다시 공격해오고, 칼을 피한 최부가 무리대장의 가슴을 발로 찬다.
무리대장이 쓰러진다. 최부가 무리대장의 목에 칼을 겨눈다.

무리대장 (거칠게 숨을 몰아쉬며) 네가 원하는 게 무엇이냐.
내 목숨이냐?
최부 내가 원하는 건 당신의 목숨이 아니오.
내가 원하는 것은 더 이상 무고한 사람들이 괴롭힘 당하지 않는 것이오.

이 때 무리대원들이 최부를 에워싼다.

무리1 대장님 괜찮으십니까?
무리대장 물러나거라.
무리대장 이미 난 목숨을 두 번이나 잃은 것과 마찬가지다.
너와 일행들의 목숨만은 살려 주겠다. 이 칼을 내려놓아라.
최부 (주변을 둘러보며 잠시 망설이다가) 좋소.
언젠가 당신이 죄 값을 받는 날이 올 것이오.

무리대장 (무리대원에게) 모두 끌고 가거라!

최부, 화연, 권산이 다시 일행들이 있는 방으로 들어온다.

안의 괜찮으십니까? 나리!
최부 난 괜찮다.
(화연에게) 다치신데는 없으십니까?
화연 (흐느끼며)전 괜찮습니다.
나리가 아니었다면… 흑흑.
최부 해야 할 도리를 했을 뿐이오. 그런 말 마시오.

최부의 팔에는 무리대장과의 싸움에서 생긴 상처로 인해 피가 흐르고 있다.

화연 저, 피가… 저 때문에…
(화연 품에서 자수놓은 수건을 꺼낸다) 이걸로 우선 지혈을 해야겠습니다.
최부 아니, 괜찮소…. (지혈하는 화연을 쳐다본다)
안의 지혈을 해야 합니다!
화연 (팔에 수건을 감싸며) 저, 그런데 아까 말씀을 들어 보니, 조선에서 오신 분 같던데….
최부 (회상에 젖어) 난 조선의 나랏일을 맡고 있는 사람이오. 헌데 아버지가 돌아가셨다는 소식을 듣고 급히 집으로 돌아가는 길에 그만 풍랑을 만났소. 거기다 해적을 만나 도망치기도 했는데, 결국 어느 마을 사람들에게 팔려 노예 신세까지 됐소.

화연　정말 안 되셨군요.
부친상까지 당하셨는데, 어찌 이런 일이….
하지만 너무 염려하지 마셔요. 저희 오라버니께서 관청에서 일을 하고 계시니 이제 곧 저를 찾으러 올 것입니다.

최부　그렇다면 정말 다행이군요.
빨리 이곳을 찾으셔야 할 텐데….

권산　무리대장이란 놈이 우리를 그냥 놔둘까요?

최부　걱정마라. 다행히 본심이 썩 나쁜 사람은 아니더구나.

안의　다행입니다. 그런데 팔에 상처를 치료해야겠습니다.

안의가 품 속에 작은 주머니에서 뜸쑥을 꺼내 보드랍게 비빈다. 최부의 환부에 뜨쑭을 대고 천으로 감까주는 안의. 이 때 권산이 비아냥 거리며 안의에게 한 마디 한다.

권산　아니, 형님. 그 깟 풀로 상처가 아물겠습니까?

안의　모르는 소리 말게. 쑥은 피부의 독소를 제거해주고 피가 나는 환부에 붙이면 지혈 효과도 볼 수 있다네.

권산　(멋쩍은 듯이 웃으며) 제가 무식해서 한 말이니 서운해하지 마십시오~

안의　흠, (헛기침 한 번 하고 만다.)
(최부를 향해) 쉬시는 것이 좋겠습니다.

최부　그래. 알겠다. (눕는다.)

화연　(고개를 숙이며) 편히 쉬셔요.

　　　　오늘 일은 은혜로 여겨 평생 잊지 않겠습니다.

최부　(고개를 끄덕이며)

화연　송구스럽습니다만. 나리, 성함이…

최부　최부라 하오.

최부는 눈을 감고 휴식을 취한다.

며칠 뒤 광산에서 일을 하다 말고 최부는 잠시 생각에 잠긴다.

그리고는 품속에서 화연에게 건네받은 화연의 수건을 꺼내어 본다.

같은 시각, 화연은 빨래를 하다 말고 최부를 생각하며 미소 짓는다.

옆에 있던 양란이 그런 화연을 의아하게 여긴다.

양란　아씨, 분명 그 날 무슨 일이 있었지요?
　　　아무래도 수상한데….

화연　무, 무슨…. (화연 얼굴이 붉어진다)

양란　얼굴이 붉어지신걸 보니 분명 무슨 일이 있으신 듯한
　　　데…. 제게 말씀 못하실 일이 뭐 있습니까~.

화연　그런 거 없대두….

화연은 정색을 하며 빨래터를 나서고 그 자리에 있던 양란도 서둘러 따라간다.

화연은 최부가 일하는 모습을 가끔 바라본다.

빨랫대에 빨래를 널다가 가끔씩 마주치는 최부를 쳐다본다.

화연　나리, 이거. (물을 건넨다)

최부　아, 고맙소.

(화연이 건넨 물을 받다가 화연의 손과 부딪힌다.)

화연 (얼굴을 붉히며 살짝 고개를 숙인다)....

최부 (살짝 붉어진 얼굴로) 잘 마셨소.

식사시간

최부 일행 모두 앉아서 주먹밥을 먹고 있다.
화연이 무엇인가 감추어 최부에게 조심스럽게 다가온다.

화연 (생긋 웃으며 주먹밥을 건넨다) 나리, 이거 하나 더 드셔요.

최부 (붉은 얼굴로) 저는 괜찮습니다.

화연 (손사래를 치며) 아니에요.
저는 아까 다 먹었어요. 그러니 어서 하나 더 드세요.

안의 나리, 그냥 더 드십시오~.
저희는 이걸로 충분합니다. (웃는다)

권산 그렇습니다.
화연 아씨가 일부러 나리 생각해서 가져 온 건데….

화연은 얼굴이 빨개지며 최부의 손에 주먹밥을 쥐어 주고 돌아선다. 최부는 그런 화연의 뒷모습을 바라본다.
저녁. 최부 일행 방

안의 나리, 어디가 불편하십니까? 잠을 깊이 못 드시는 것 같습니다.

최부　그냥 마음이 심란하구나. 가족과 조국이 눈앞에 아른거리는구나.

안의　내색은 안 하셔도 힘이 많이 드신가 봅니다.

최부　그래. 홀로 계신 어머니가 걱정되는구나. 그리고 아름다운 우리 조선의 경치도 그립고….

안의　곧 갈 수 있을 겁니다. 염려 마십시오.

최부　그래. 조금만 참으면 되겠지. (일어서며) 난 잠시 바람 좀 쐬고 와야겠다.

안의　제가 동행하겠습니다.

최부　아니다. 마음이 심란하여 잠도 오지 않으니 홀로 산책하고 싶구나. 그냥 누워 있거라.

최부는 밖으로 나와 조용히 걷는다.

무리1　거기 웬 놈이냐?

최부　난 최부요. 잠시 변소에 가려 하오.

무리1　빨리 다녀와라! 도망갈 생각은 안 하는 게 좋을 거다!

최부　걱정 마시오.

최부는 무리들의 눈을 피해 뒷길로 걷는다. 맞은편에서 화연도 걸어온다.

화연　(반갑게) 나리~.

최부　(몸을 돌리며) 아니, 아씨.

화연　누군가 했더니 나리셨군요.

최부　잠시 바람을 쐬러 나왔습니다.
화연　나리…. 걱정마셔요. 우리 모두 돌아갈 수 있을 거예요.

최부, 조심스럽게 화연을 껴안는다.

그 때 무리대원이 최부를 찾고 있다.

무리대원　이 놈은 어딜 간 거야?

무리대원의 목소리를 듣고 최부, 방 쪽으로 뛰어간다. 그런 최부의 모습을 화연은 물끄러미 바라본다.

2주 후

한편 화연을 찾고 있던 화연 오라버니(화룡) 일행은 화연의 행방을 모른채 낙심하고 돌아가던 길에 마주 오던 광산에서 일을 마치고 나오는 최부 일행과 마주친다. 그 때 화룡 순간 최부의 허리춤에 매여 있던 화연의 자수수건을 쳐다보게 된다.

화룡　말 좀 묻겠다. 혹시 이 근처에 젊은 처자를 못 봤나?
무리대원　여기서 일하는 사람은 모두 남자요.
(최부 일행에게) 빨리 빨리 움직여~.

화룡, 무리대원의 옆에 있는 최부를 우연히 보다가 최부의 허리춤에 찬 수건을 유심히 본다. 최부는 무리대원 때문에 걸음을 재촉하려는 순간 화연의 말을 생각하며 화룡을 알아본 듯, 가는 길에 수건을 떨어뜨린다.

화룡 (떨어진 수건을 주으며) 여기 있었군!

화룡은 앞서가는 최부 일행을 쫓아 화연이 있는 곳을 쳐들어간다.

무리대장 웬 놈이냐?

화룡 당장 칼을 버리거라.

무리대장은 화룡의 가슴을 찌르려고 하는 순간 화룡은 잽싸게 몸을 숙이고 무리대장의 칼등으로 목을 내리친다. 충격으로 기절한 무리대장. 화룡의 일행들도 무리대장의 무리를 제압한다. 화연은 오라버니와 재회한다.

빨래터

화연은 빨래를 하다가 화룡이 왔다는 소식을 듣고 화룡에게 달려간다.

화연 (화룡을 보고) 오라버니!

화룡 (화연을 감싸안는다.) 집안에서 너를 찾느라 얼마나 수소문했는지 아느냐? 다행히 너의 수건을 가진 사내를 보고 네 위치를 파악했다.

화연 죄송합니다. 흑흑 (흐느낀다.)

화연 오라버니의 출두로 무리들은 모두 붙잡혀 관청에 끌려가고 최부 일행과 화연은 소굴을 빠져나온다. 화연은 오라버니를 따라나선다. 그리고 최부도 화룡을 만난다.

최부　최부라 합니다. 화연아씨께 말씀을 들었습니다.
화룡　화룡이라 하오. 우리 화연이를 잘 돌봐 주셔서 고맙소.
최부　저 역시 화참사에게 신세를 지게 되었습니다.
화룡　(호탕하게 웃으며) 하하, 최대인은 말씀도 겸손하게 하시는구려. 이렇게 만나게 된 것도 하늘의 뜻이니, 저희 집에서 머무시는 것이 어떻겠소?
최부　화참사의 배려에 감사합니다.

최부일행은 화룡의 집에 함께 머문다.

화룡(화연의 오라버니)의 출두로 무리들은 모두 붙잡혀 관청에 끌려가고 최부 일행과 화연은 소굴을 빠져나온다. 화연은 화룡을 따라나선다. 때는 새벽녘. 총병관 등 삼사상이 다시 최부 및 종자들의 행장 등을 검사한다. 최부 일행은 행장을 검사하는 곁에서 조용히 서 있다. 잠시 후 조사를 마친다.

#클로즈 업(close up) 조사받는 인물들의 표정을 클로즈업한다.

총병관　당신이 먼저 갈 것인데 항주진수, 태감 수의의 삼대대인이 다시 일일이 심문할 것이오. 이에 대답함에 있어 앞서 공술서와 어긋남이 없도록 하시오.

최부 물론이오.

총병관 그럼 이만들 나가자.

총병관 등 조사관들은 다과를 베풀고 물러간다. 하지만 최부는 이를 사양한다.

최부 아마도 전날 공술서 내용을 삭제한 것이 발설이 되면 문책을 당할 것을 우려해 미리 단속을 하는 모양이구나.

안의 아마도 그래서인 듯합니다.

똑똑하고 문 두드리는 소리가 난다.

화연 화연입니다.

최부 (반가운 표정으로 문을 열며) 들어오시지요.

화연 저의 오라버니도 같이 오셨습니다.

화룡 잘 계셨소.

최부 덕분에...

화연이 간단한 다과를 내어온다.

화연 드시면서 이야기 나누셔요.

화룡 간단한 조사는 잘 마치셨습니까? 앞으로 계속해서 관리들이 질문을 할 것입니다. 그때마다 항상 사실만 말씀해 주십시오. 혹시 무례하게 질문을 한다면 말씀하시오.

최부　사실만을 말해야지요. 이곳에서 당한 것에 비하면 질문들 쯤이야...

화룡　여기서 머무시는 동안 지루하실 텐데 소흥부를 둘러보시지요. 여기까지와서 소흥부를 외면하고 가시면 후회하실겁니다. 허허허.

최부　그럼 꼭 가봐야지요. 기대가 됩니다.

화룡　화연이 이 곳을 잘 알고 있으니 같이 다녀오시지요. 저는 또 나가 봐야 합니다. 제가 더 극진히 대접을 해드려야 하는데, 화연에게 그 짐을 맡겨야 하겠군요. 불편하신게 있으시면 꼭 말씀해 주십시오. 그럼 이만...

최부　감사합니다. 이렇게까지 배려를 해주시고... 다음에 또 뵙겠습니다.

화룡와 최부는 가볍게 인사하고, 오라버니는 나간다.

화연　불편하지는 않으셨는지요?

최부　아주 좋은 분이십니다. 허허 그런데 오라버니께서 말씀하시길 소흥부가 그렇게 좋다지요? 허허허

화연　(미소지으며) 그렇지요 소흥부는 제가 모시겠습니다. 어서 나갈 준비를 하시지요.

최부　하하 이거 영광입니다. 그럼 화소저만 믿지요.

안의　그럼 두분 다녀오십시오.

최부　음. 그럼 내 다녀오겠네.

최부와 화연은 나와서 소흥부의 절경을 감상하고 최부는 감탄을 금치 못한다.

최부　역시 소흥부로군요. 소문대로입니다. 낭자를 따라나오길 잘했군요. 허허.

화연　이곳은 월나라 때의 도읍지였으며 진나라, 한나라 때는 회계군이라 하였습니다.

최부　낭자와 함께 하니 더욱 즐겁습니다.

화연　(살짝 미소지으며) 아니어요, 제가 더 즐거운걸요.

최부　허허 (수차를 발견하고) 흠.. 저것은 무엇에 쓰는 물건이요?

화연　예, 수차라 하는 것이지요. 논으로 물을 쉽게 퍼 올리는 도구입니다.

최부　허... 그것 참 유용하군요. 저 유용한 도구를 저의 조선에도 알려야겠습니다.

화연　호호, 그러시지요.

두 사람은 한참 동안 함께 돌아다니며 구경을 한다. 둘은 서로의 옷깃만 스쳐도 깜짝 놀란다. 또한 서로의 손을 꼭 잡고 싶은 마음에 못내 아쉬워한다.

 # 익스트림 클로즈업 (extreme close up) 화연이 최부의

옷소매를 보며 최부도 모르게 아쉬워하는 표정을 클로즈업 한다.

최부　(아쉬운 표정으로) 시간이 많이 지난 것 같습니다. 이제 그만 가봐야겠군요.

화연　(역시 아쉬워 하며) 나리 덕분에 정말 즐거운 시간을 보냈습니다. 이런 시간을 또 보낼 수 있을까요.

최부　다음에 또 이런 기회가 있을 것 입니다. 낭자 오늘 참으로 고마웠소.

화연　아닙니다. 제가 나리께 또 빚을 진 거 같습니다. (최부의 눈을 바라보며)

최부　(부끄러운 듯 화연의 눈을 피해) 그럼 이만 가시지요.

배는 서소강 여요강 등을 경유해서 나아간다.

때는 새벽녘. 한 관인이 최부를 찾아온다.

관인　태감께서 정인지, 신숙주, 성삼문, 김환지, 조혜, 이사철, 이변, 이견 등 이상은 모두 조선사람인데 이들의 직품을 일일이 보고하라고 하셨소?

최부　정인지, 신숙주, 이사철은 모두 일품 위에 성삼문은 삼품 위에 이르렀소. 이변, 이견, 김완지, 조혜는 나보다 후진 선비들이니 그 사람들의 직품은 알 수 없구려.

관인　알겠소. 내 그리 전하리다.

관인은 물러간다. 관인이 물러가고 역 안에서 일보는 듯한 사람이 최부에게 다가와 말을 건넨다.

고벽 내 이름은 고벽이라 하오. 당신네들이 먹을 양식은 관부에서 공급하는데 수량이 정해져 있소. 전량 지급한 후 보충할 물량과 문부가 도착하기까지는 약 일년이나 걸리오. 본 역장은 귀주 이인이라서 그런지 애들같아 전혀 캄캄 속이오. 모르면 몰라도 상사에게 품의도 안 할 것이 분명하며 당신들에게 식사를 공급함에 있어서도 태만할 것이오.

고벽은 할 말을 마친 뒤 물러간다.

권산 아따. 나리, 이거 정신 안 챙기면 밥 굶겠습니다요.

때는 저녁.
역 앞에 두 사람이 최부 일행을 기다리고 있다 반가이 맞는다.

정영감 하하. 어서 오시오. 나는 안찰제조학교 부사를 맡고 있소. 먼 길 오시느라 고생이 많소.
최부 이리 반가이 맞아 주시니 감사하오. 나는 최부라 하오.
정영감 여기서 이렇게 아니라 안으로 드십시다.

일행과 최부 일행은 한 건물로 들어간다. 정영감과 그 일행, 최부는 서로 마주보고 탁자에 앉는다.

정영감 당신네 나라의 과거 제도에 대해 알려줄 수 있겠소?

최부 우리나라 과거 제도는 진사시, 생원시, 문과무과시가 있고 또 문무과중시가 있소.

정영감 흠... 시험하는 방법은 어떠하오?

최부 인신사해년의 해당되는 해 가을에 정업하는 유생들을 모아 놓고 삼장으로써 시험하되 초장은 의의론 중 두 편, 중장은 부, 표, 기 중 두 편, 종장은 대책 한편 이렇게 삼장으로 시험하여 약간의 사람을 뽑소. 그리고 익년 봄에 또 전년 합격자를 모아 놓고 삼장으로써 시험하오. 초장은 사서 오경을 배강하되 사서오경에 통한 사람을 뽑고, 중장은 부 표 기중 두 편을, 종장은 책문 중 한 편을 시험하여 33명을 뽑아 또 33명을 모아 놓고 책문 한 편으로써 시험하여 분류, 합격시키는 것이오. 이것을 문과등제라 하오. 그리고 방한 후 홍패어사화 익산을 하사 후 은영연, 영친연, 영분연을 하사하며 출사하는 길이 열린다오.

정영감 문장체격은 어떠하오?

최부 표는 송원의 파방기를 모방하고 논문은 당 소의 의를 모방하되 오경에서 점출하여야 하며 문의는 사서에서 점출하며 문제는 화격에 준하고 대책은 문선대책을 익히면 되오.

정영감 그러면 당신은 어느 경을 연구하였소?

최부 사서오경을 일찍이 대략 섭렵하였지만 정련하지는 못하였소.

정영감 경서는 무엇 무엇이오?

최부 중용, 대학, 논어, 맹자를 사서라 하고 주역, 시경, 서경, 춘추, 예기를 오경이라 하오.

정영감 역이란 무슨 뜻이오?

최부 역을 글자 형상으로써 말하면 일, 월이 합쳐진 글자이고 뜻으로 말하면 교역변역의 뜻을 가지고 있소.

정영감 역의 위는 어떤 사물에 의존하고 있소?

최부 하출도, 낙출서가 나오자 성인은 그것을 본받는 것이오.

정영감 난해로 알려진 하수에서 그림이 나오고 낙수에 글이 나온다는 그것이오? 역을 해득하기 어려울 것으로 아오만.

최부 천하 만물은 모두 이치가 있소. 비록 우둔한 자라고 하더라도 역중의 위수를 볼 수 있소.

정영감과 그 일행은 자기들끼리 서로 눈짓한다.

정영감 당신은 참으로 견식이 깊은 선비오. 이 지방 사람들은 무식하오. 덕분에 식견을 넓히게 되었소. 이만 쉬시오 아, 그러고 보니 내 이름도 알리지 않았구려. 난 복재라 하오. 그럼.

정영감과 그 일행이 나간다. 다음날 오전. 고벽이 최부에게 찾아온다.

고벽 지금들은 말인데 당신들 일로 관원을 낮밤으로 달리게 하여 북경으로 직행 상경케 하고 조정의 회보를 기다려 방면 환국한다 하오. 여기에서 북주가지 수로로 거의 오천여 리나 되오. 회보를 기다리자면 여러 날 체류해야 될 것 같소.

최부 우리는 여기에 와서 언어 불통이라 벙어리와 다름이 없소. 당신에게 바라고자 하는 것은 앞으로 좋은 소식을 듣는 대로 곧 알려주어 이 타국 사람을 도와주오.

고벽 누설하지 마시오. 문책 당하기 싫으면.

눈짓으로 주의를 주며 고벽이 나간다.

안의 이제 좀 한시름 놔도 될 듯 합니다.

권산 나으리, 이제 집으로 돌아가는 겁니까?

최부 하지만 자네들도 들었다시피 말 조심해야 할 걸세. 아랫사람들 입단속을 잘 시키게.

안의 예, 나리.

잠시 후 관인 한 사람이 온다.

관인 경태년 간 우리나라 급사 장영봉이 사신으로 귀국해서 올 때 김정시 황화 집을 저작한 일이 있는데 당신도 잘 알고 있소?

최부 알고 있소. 그 중 한강루란 제의 시에 광요청작방(청착배에 광채 흔들리고), 영락백구주 (배구는 물가에 그림자 지네), 망원천의진(멀리 바라보니 저 하늘 끝 간 것 같고), 능허지욕부(공중에 솟았으니 땅이 떠있는 것과 같네)이란 구가 있소. 뛰어난 문장이라 아니 할 수 없소.

관인 하하! 장급사는 치사하고 집에서 은거하고 있소. 그의 집은 가흥부의 해염현에 있는데 북쪽으로 백리쯤 떨어져 있소. 장공은 여기 항주에 왔다가 조선문사가 표해되어 왔다는 말을 듣고 조선 사정을 알고 싶어서 여러 날 기다리고 있었는데 하루전에 돌아갔소.

최부 흠... 그대의 이름을 알 수 있겠소?

관인 나는 왕개라 하오. 급사의 생질이오.

관인이 돌아간다. 때는 다음날 오전 다시 고벽이 찾아온다. 그의 손에는 문서가 들려있다.

고벽 잘 주무시었소? 그대에게 기쁜 소식 하나를 전하러 왔소. 군관 문서에 의하면 당신의 소유 십 사척이 지금 해상에서 아무 거리낌 없는 행동을 하고 있다고 하였고, 순안어사는 배 십 사척을 어째서 놓아 주고 잡지 않았느냐 하며 문책하겠다고 했소.
그래서 이들과 진수 및 삼사와 한동안 의론이 분분 하였는데, 당신 공술서에 의하여 군관보고가 허위임을 확인하였다고 하오.

최부 그럼 우리는 이제 환국할 수 있겠소?

고벽 그렇소. 폐하께서 당신을 호송하여 북경에 이르도록 하였으니 당신이 환국하는 데에 아무 걱정이 없을 듯 하오. 삼사 일만 여기서 기다리면 돌아갈 수 있을 것이니 지금부터는 마음을 놓으시오.

최부 고맙소. 이를 어찌 보답해야 할지...

고벽 허허허. 나에게 보답할 것이 뭐 있겠소.(말을 끝내고 밖으로 나간다.)

고벽이 나가자 최부도 문 밖으로 나가 서성인다. 그때 한 사람이 갑자기 다가와 말을 건다.

이절 나는 북경 사는 이절이라 하오. 북경 사람들은 용모치장하는 것을 좋아하기 때문에 아마 당신들을 보면 모두 놀랄 것이며 비웃을 것이오. 그러니 몸을 씻는 것이 어떻겠소?
저기 양지 쪽에 가면 개울이 있으니 일행들 모두 같이 가는게 좋을 듯 하오.

최부 그러도록 하지요. 신경써 주어서 고맙소. (부하들을 향해서 이야기한다) 지금 당장 각자의 밀린 세탁을 하고, 몸을 씻도록 하여라.

모두들 예, 나으리.

일행1 오랜만에 때 좀 벗기게 생겼구먼~.

일행2 그러게 말일세. 바닷물에 몸을 담근 이후로는 언제 목욕을 했는지 가물가물하니 원...

일행1 (일행2에게서 몸을 피하며 혐오스러운 눈빛을 보낸다.) 아니 이사람아! 바다에서 돌아온 것이 몇 달 전인데 그때 이후로 몸을 씻지 않았다는 게야? 아이고, 당신 옆자리에서 자고부터 머리가 가렵더라니. 다 당신

몸 속의 이가 옮은 게로구먼! 오늘 잘 닦지 않으면 다신 옆에 올 생각도 하지 말게~.

일행2 허허허. 그래도 난 양호한 편일세. 저기 보이는 최씨는 조선에서부터 목욕을 하지 않았다지 뭔가. 허허.

일행1 아니, 자네는 까마귀가 친구 하자고 생겼으니 그러려니 했지만, 안 그렇게 생긴 사람이 왜 그렇게 더러운가? (혀 끝을 찬다)

정보 조용히들 하고 때나 벗길 것이지 너희들 얘기를 들으니 같은 물에 담그고 있는 내 몸까지 더러워지는 것 같구나! 이놈 때 나오는 것 좀 보소 어따 많이도 나오는 구먼. 저쪽 가서 해라 켁! 더러운 자 같으니.. 쯧쯧 (권산이 있는 곳으로 옮겨간다) 여보게 권산 등좀 밀어주겠나?

권산 아... 아니? 오지말게나, 자네가 옆에 오니 때가 둥둥 떠다니질 않나, 내 때를 벗기는 게 아니라 도로 붙겠네 이 사람아.

정보 이건 네놈의 때가 아니더냐?

권산 뭐여? 이놈 자식 좀 보게. 허허.

최부 등 일행이 둘러 앉아 세탁을 하고 있는데, 이때 다시 이절이 등장한다. 이절은 조선인들이 세탁하고 있는 모습을 둘러본다. 그러다 최부를 살핀다. 그리고 최부의 벗겨진 피부와 발톱을 유심히 본다.

이절 환란을 만나 고생하게 되면 몸도 아끼지 않는가 보오,

좋은 실례로군요.

최부　나는 해상에 있을 때 목구멍으로 피를 여러 번 토하였고 입에 침이 마른지 연 삼일이나 된 일이 있었소. 지금까지 피부가 이렇게 회복되지 않고 있는 것은 짠 바닷물에 찌들었기 때문이고 발이 벗겨진 것은 맨발로 험한 길을 걸었기 때문에 상한 것이지요.

이절　정말 어려운 길을 오셨군요.

최부　공자가 이르기를 신체발부는 수지부모하니 불감훼상이 효지시야요 입신행도하여 양명 후세하여 이현부모가 효지종야니라. 하였소. 나는 여기까지 오며 이 말을 항상 생각했다오. 이렇게 까지 상하게 했으니 나는 정말 불효하는 아들이라오.

이절　물론 상하지 않는 것이 좋지만 당신은 경우가 다르오. 어쩔 수 없는 일이니 너무 상심하지 마시오.

세탁과 세면을 마치고 최부 일행은 쉬고 있다. 이때 한 사람이 나타나 최부 일행들과 이절이 있는 곳으로 다가와 소매 속에서 책을 꺼내며 이절에게 가서 말을 건다.

인물1　이보게 이절, 저 조선인에게 이 책을 주면서 시 한 수를 부탁해도 되겠는가 여쭈어 주게나.

이절이 고개를 끄덕이며 최부에게 다가온다.

이절　이 사람은 제 친구입니다. (책을 건네주며) 이 사람이

시 한 수를 부탁하는데 들어 줄 수 있으시겠소?

최부　아무 한 일 없이 남이 주는 것을 받는 것은 염치없는 일이니 그것은 안 받겠소.

이절　이 사람이 당신에게 시 한 수를 바라는 것은 당신을 잊지 말자는 것이오.

최부　졸시, 졸필을 남에게 주고 댓가까지 받는다는 일은 있을 수 없는 일이오.

이절　(난감한 표정으로 최부를 바라본다) 허허...

최부　그렇다면, 시를 지어 주기보다 내가 늘 가슴 깊이 간직하고 있는 성현의 말씀 한수를 알려 드리리다. 그래도 괜찮겠소?

이절이 시를 부탁한 인물 쪽을 바라보자, 그 인물도 최부의 말을 알아들었다는 듯이 고개를 끄덕인다.

최부　자왈(子曰) 불관고애(不觀高厓)면 하이지전추지환(河以智顚墜之患)이며 불림심천(不臨深川)이면 하이지몰닉지환(河以智沒溺之患)이며 불관거해(불관거해)면 하이지풍파지환(河以智風波之患)이리오 하셨소.

이절　그게 무슨 뜻이오?

최부　(감회에 젖은 표정으로) 높은 벼랑에서 내려다보지 않으면 어찌 굴러 떨어지는 근심을 알며, 깊은 연못에 있지 않으면 어찌 물에 빠지는 어려움을 알며, 큰 바다에 들어가보지 않으면 어찌 풍파의 어려움을 알겠는가? 라고 하였소. 이렇게 타지에 와서 어움을 겪다 보니, 조선에서 어려움을 몰랐던 때를 회상하며 되새기고 있는 말씀이오. 직접 겪어 보지 않았더라면, 세상에 이런 어려움이 있는지조차 모르고 살았을 것이오.

이절　그렇군요, 당신이 성현의 말을 몸소 체험했으니 당신이 지어 준 시보다 더 값어치를 하는 것 같소. 이번에 겪은 당신의 어려움이 바탕이 되어 세상에 크게 쓰이기를 바라겠소. 저분에게 당신이 할 말을 전하고 오리다.

최부　(이절이 건네 준 책을 다시 돌려주며) 그러시오. 다만 이책은 돌려 주셨으면 하오. 시를 지어준 것도 아니니 이 책을 받을 이유가 없지 않소.

이절　당신의 뜻을 잘 알겠소.

이절은 책을 다시 소매에 넣고 간다. 이절은 인물1에게 다가가 최부가 해준 말을 전하고, 책도 돌려준다. 최부가 그동안 어려움을 겪었던 것과 최부가 기억하고 있는 성현의 말을 듣자 인물1도 감동한 듯한 표정을 짓는다. 말을 다 전한 이절은 다시 최부에게 다가온다.

이절　뜻을 전하였습니다. 비록 타지에서 고생을 하고 있지만 어려움 속에서도 학문에 정진하기를 바란다고 하면서 이 책을 받아 달라 하시는 군요. 책 한 권 가지고 있지 않을 것 아니오. 허허.

최부　허허허. 나와 같이 고집이 센 분이로군. 오랜만에 마음에 드는 상대를 만난 것 같소. 내가 졌군요. 그 책을 받으리다. (책을 받아들며) 여러모로 감사하오.

이절 (웃음을 지으며) 그럼 난 이만 가보겠소, 조국으로 돌아가는 길이 평탄하길 바라오. 다음번에 이곳에 오게 되면 저분과 셋이 꼭 다시 만나기로 합시다.

최부 그러십시다. 그 날을 고대하고 있겠소.

이절이 최부 곁을 떠나서 인물1에게 다가가자 최부는 인물1과 눈짓을 보내고 고개를 끄덕이며 인사를 대신한다.

정보 기왕지사 줄려면 먹을 것이나 줄 것이지. 퉤~

최부 허... 이 사람아 함부로 남의 것을 바라는 것은 좋지 않은 일 일세. 대가로 받는 것 또한 신중해야 할 것이고. 말조심 하게.

정보 (무안한 표정으로) 예.. 나으리~ 헌데 나으리는 이렇게 고된 생활을 하시는데도 성현의 말씀을 마음속에 간직하고 계셨습니까?

최부 학문을 하는 사람으로서 성현의 말씀을 한시라도 잊는다면 어찌 선비라고 말할 수 있겠는가. 조국을 떠나온 이후로 학문을 정진하지 못한 것이 부끄럽고 한심할 따름일세.

정보 어디 그럴 시간이나 있었습니까요. 자책하지 마십시오.

최부 (소매자락에서 작은 책을 꺼내며) 그래, 그나마 이것이 있었기에 밤마다 성현들의 말씀을 되새길 수 있었지.

정보 그 난리통에도 간직하고 계셨군요. 대감어르신께서 남기신 유품이 아닙니까? 정말 대단하십니다. 대감어르신도 흐뭇해 하실 겁니다.

최부　허허 사람 참.

다음날 아침 고벽이 최부에게 다시 찾아온다.

고벽　안에 들어가도 되겠소?

최부　들어오시지요.

고벽　허허. 편안히 주무셨는지 모르겠구려.

최부　덕분에 편안하게 지내고 있습니다.

고벽　다름이 아니오라, 경사에 가려면 노정을 몰라서는 안 되오.

최부　그럼 노정에 대해서 들어 볼 수 있겠소?

고벽　먼저 점성국과 회회국 등지 에서는 무역선의 왕래가 끊이지 않으나 수로가 험악하여 열에 다섯은 돌아오지 못 하는 형편이오.

안의　길이 그렇게 험하면 다른 길은 없소?

고벽　(생각하다가) 좀 돌아가야 되긴 하지만 여기서 북경가는 수로는 한결같이 좋아 선박들이 이곳 항주에서 일시 기박한 후 가흥을 경유해서 소주에 이르오.

최부　소주라... 소주는 본국에 있을 때 풍광이 좋다는 소리를 들은 적이 있소.

고벽　소주의 풍광은 여기서도 일품이라오. 그 다음 소주를 떠나 상주를 경유해서 진강부에 이르러 양자강을 건너게 되는데 양자강은 이 항주에서 거리가 천여 리나 되오.

정보　(놀라며) 천여리라..

최부　그래도 무사히 돌아 갈 수만 있다면 무슨 걱정이겠냐.

고벽　무사히 돌아가기 위해선 양자강에서 조심해야 하오.

최부　양자강이 위험하오?

고벽　그 강물은 물결이 사나워서 풍랑이 없어야만 도강할 수 있고 북경까지 물길로 똑바로 간다 해도 아마 사십일은 걸릴 것이오. 양자강을 건너 천여 리를 가면 곧 산동 지방에 도착할 것이오. 앞으로 여름철이 되면 더위에 고생하고 여행 도중에 어려운 일도 많을 것이오나 부디 무사히 도착하기를 바라오.

최부　이렇게까지 신경 써주신 은혜는 내 본국으로 돌아가서도 잊지 않겠소.

고벽　허허. 무슨 말씀이요. 어려운 처지에 있는 사람을 돕는 것은 당연한 일이니 은혜라고 할 것도 없소.

정보　그렇지만 타국 사람을 이렇게까지 도와주는 건 쉬운 일이 아니라는 것을 알고 있습니다. 감사합니다.

고벽　마음만 감사히 받겠소. 참 지금까지 험난한 여정에 몸이 많이 상한거 같으니 좋지 않은 죽순차지만 당신들 잡수시오.

안의　이런 곳에서 죽순을 볼 줄이야.

고벽　의술을 한다고 하니 죽순에 대해서 잘 알겠소? 당신의 나라에도 이 같은 죽순이 있지요?

안의　우리나라 남쪽 지방에도 죽순이 있는데 오월이라야 생산되오.

고벽　이 지방은 겨울, 봄 철 할 것 없이 생산되는데 정월에 한창이고 큰 것은 십여 근이나 되오. 당신의 나라는 이 지방과 풍토 차이가 있군요. 그럼 혹시 죽순의 효능에 대해 들을 수 있겠소?

안의 죽순은 몸의 열을 내려주고 갈증을 가시게 합니다. 또 몸 안의 체액이 순조롭게 돌아가도록 해주어서 원기를 회복시키는 효과가 있습니다.

고벽 또 다른 효능은 없소?

안의 죽순은 혈압을 내리며 햇볕에 의한 피부의 상처와 잠을 못자는 사람에게도 좋다고 알고 있습니다.

고벽 그럼 죽순이 아무나 먹어도 되는 것이요?

안의 죽순은 차가운 성질을 가지고 있어 몸의 기운이 찬사람 즉 손과 발이 찬 사람은 먹는데 주의가 필요합니다.

고벽 (놀라며) 그럼 죽순은 나한테 맞지 않은 음식이군. 내 손발이 차니 앞으로 죽순차는 삼가 해야겠구먼.

안의 몸의 기운이 차면 죽순차 보다는 인삼차를 권해드립니다.

고벽 허허 알겠네. 내 앞으로는 인삼차를 즐기도록 하지. 갈 길이 머니 그만들 쉬게 난이만 가보겠네.

최부 살펴 가십시오.

고벽이 나간다. 그리고 잠시 후 화연 아가씨가 음식을 가지고 찾아온다. 똑똑 문 두드리는 소리가 나며.

화연 화연입니다. 안으로 들어가도 되겠는지요?

최부 (얼굴에 반가움이 깃들며) 들어오시지요.

화연　음식을 좀 준비했는데 입에 맞으실까 모르겠습니다.

최부와 정보, 안의 그리고 화연은 함께 탁자에 앉아 있고 최부와 정보, 안의는 음식을 먹는다.

최부　음, 그동안 솔직히 음식 때문에 고생을 좀 했는데 오랜만에 맛있게 먹어 본 것 같소. 정말 고맙소.

안의　저 역시 정말 맛있게 먹었습니다. 고맙습니다.

정보　정말 맛있게 먹었습니다. 이 음식은 흔히 볼 수 있는 닭요리인데 맛이 정말 특이합니다. 무엇을 넣은 것입니까?

화연　(환하게 웃으며) 아까 부엌에 들어 가보니 죽순이 있어서 조금 넣은 것뿐입니다.

최부　음, 그렇군요. 다른 닭요리보다 약간 단맛이 도는 이유는 죽순 때문이겠군요?

화연　네, 죽순의 단맛이 어우러져서 맛과 향을 더하는 것이지요.

안의　(궁금해하며) 죽순은 그냥 먹으면 약간 쓴맛이 나는 걸로 알고 있는데 어떻게 이런 맛과 향이 나는 것입니까?

화연　죽순은 생것을 요리하면 약간 쓴맛이 나지만 쌀뜨물을 이용하면 그 쓴맛은 사라지고 단맛이 나지요.

안의　(고개를 끄덕이며) 과연 그렇군요.

최부　(웃으며) 고향에서 먹는 요리와 별 차이 없다고 생각했는데 맛이 이리도 좋을 지 몰랐습니다. 죽순이라.. 내

나중에 꼭 다시 한 번 먹고 싶군요.

화연 아닙니다. 입에 맞으신다니 다행입니다. 오히려 제 부족한 솜씨를 이리 칭찬해 주시니 부끄럽습니다.

최부 정말 고맙소. 그동안의 여정으로 몸에 기운이 없었는데 소저의 음식을 먹으니 정말 기운이 나는 거 같소.

정보 화연 소저는 얼굴만 예쁜 것이 아니라 요리 솜씨도 일품입니다.

화연 (역시 미소 지으며) 다들 맛있게 드셨다니 다행입니다. 그럼 전 이만 나가 보겠습니다. 편이들 쉬고 계세요.

최부 정보야. 화연 소저를 모셔다 드려라.

정보 네 알겠습니다. (안내하며) 화연 소저 가시지요.

화연 감사합니다.

화연과 정보 나간다. 최부와 안의 둘이 탁자를 사이에 두고 앉아 이야기를 나누고 있다.

최부 고벽은 성심으로 우리를 대접해 주었다. 그가 소문과 소견을 숨기지 않고 알려주어서 우리로 하여금 미혹하지 않게 해 준 은정은 너무나 크다. 무슨 선물이라도 표하고 싶은데 내 행리를 찾아보아도 있는 것이라고는 아무것도 없고 가지고 있는 것은 단지 입고 있는 옷뿐이다. 이 옷을 벗어서라도 그에게 주고 싶다.

안의 (걱정하며) 그것은 좀.... 다시 한 번 생각해 보시는 것이....

최부 한낱 미물도 감은하면 역시 그 은혜를 갚으려고 하는 것인데 항차 이와 같은 약소한 옷 한 벌쯤이야.

안의　아직 떠나려면 시간이 있으니 다음에 이야기 하시고 오늘은 이만 잠자리에 드시는 것이.

최부　벌써 시간이 그렇게 되었나. 그래 그만 잠자리에 들도록 하지.

다음날 고벽이 공문을 들고 찾아온다.

고벽　들어가도 되겠소?

최부　어서 오시오 그렇지 않아도 찾아뵈려고 했소. (고벽 탁자에 앉은 뒤) 이건 타국의 사람을 위해 애써준 것에 대한 작은 성의라오.

고벽　당치 않소. 관리로써 당연히 해야 할 일을 했을 뿐이니 이건 받을 수 없소.

최부　아니오. 내 너무 고마워서 그렇소.

고벽　그래도 받을 수 없소.

최부　옛날 한퇴지는 태전과 이별할 때 옷을 벗어 준 고사도 있소. 임별유의는 곧 옛 사람들의 뜻이라오. 그러니 받아 주시오.

고벽　(고민하며) 음, 내 사양하려 했으나 성의를 꺾는 것 같으니 받겠소. 참 이 공문을 보시오.

최부　무슨 공문이요?

고벽　항주부에서 앞으로 경유할 각 부, 현 ,역에 지시하는 전송공문이요.

최부　감사하오.

잠시 후 고벽은 나간다. 배는 항주 숭덕현 가흥부를 경유한다. 배위. 한 관인이 갑판에 나와 있는 최부에게 다가온다.

한신　당신이 조선인 최 공이구려.

최부　당신이 나를 어떻게 아시오?

한신　난 한신이라 하오. 이 배에 조선인 관리가 타고 있다고 하여 궁금하게 생각하였는데, 여기까지 온 연유를 대충 들어 알고 있소.

최부　한심한 내 얘기를 들으셨군요. 허허. (멋적은 듯 웃는다.)

한신　그게 당신이 자초한 일도 아니고, 잠시 하늘이 당신에게 등을 돌렸다고 생각하시오. 이제 모든 게 잘 풀릴 일만 남았을 것이오. 음… 당신 모친께서는 당신이 여기에 있는 줄 알고 계시오?

최부　(모친이 생각나는지 침울한 기색으로) 망망한 대해에서 어머니는 내가 이미 어복 중에 장사된 줄로만 여기고 통심하고 있을 것이니 어버이에 불효한 죄, 이보다 더 큰 것이 어디 있소. 지금 귀국의 후은을 입어 살아서 고향으로 돌아가 어머니를 뵙게 되면 매우 기쁠 것이오.

한신　너무 상심 마시오. 무사히 고향으로 돌아가 어머님을 뵐 수 있을 것이니.

과당교, 만수교, 복록수교, 보제교, 팽화교를 지난다. 두 사람은 강을 바라보며 얘기를 한다.

최부 이 배는 지금 어디를 지나고 있는 게요?

한신 아, 중국에 처음 와보시는 게요? 여기는 항주라는 곳이오. 사계절이 분명해서 아름다운 경치를 시시각각 즐길 수가 있다오. 이 항주라는 곳은 절강성의 성도(城都)로, 생장[錢塘江]의 하구에 위치하며, 서쪽 교외에 시후호[西湖]를 끼고 있어 쑤저우[蘇州]와 함께 아름다운 고장으로 알려져 있는 곳이오.

최부 그렇군요. 서호라는 곳은 어떤 곳이오? 조선에 있을 때에 서호 10경이라 하여 소동파의 얘기와 함께 들어본 바 있소만.

한신 서호는 항주 서쪽에 자리잡고 있다고 하여 붙여진 이름이오. 유명한 미인 서시를 기념하는 의미로 '서자호(西子湖)'라고도 불리기도 하오.

최부 서시? 언제 때의 미인이기에 호수의 이름으로까지 붙여졌단 말이오?

한신 서시에 대해서는 실제 인물인지에 대한 여러 가지 이야기가 전해지고 있다오. 가장 잘 알려진 이야기로는 월나라 왕인 구천(勾踐)이 오나라의 왕 부차(夫差)에게 바쳤던 인물로, 결국은 구천의 계략대로 오나라왕 부차가 서시의 미모에 빠져 나라 일을 돌보지 않게 되었고, 오나라가 멸망에 이르게 되는데 중요한 역할을 하였다고 들은 바 있소. 양귀비 등과 함께 당대를 대표하는 미인으로 꼽힌다고 하오. 한번 가보고 싶지 않소?

최부 그렇게 아름다운 여인의 이름을 딴 곳이라면, 절경이

빼어나겠군요. 내가 표류되어 온 것만 아니라면, 그 아름다운 절경을 감상하고 가고 싶소. 하하.

한신 그렇소, 나도 항주에 살면서 늘 서호를 가까이 두고 있지만, 볼 때마다 아름다움에 감탄을 금치 못한답니다.

최부 그럼, 말로만 듣던 서호 10경이란 무엇을 말하는 것이오? 마음이 안정되어 조국으로 돌아갈 수 있다는 생각이 드니, 중국에 대해 알기도 전에 떠나는 것 같아 아쉬운 마음이 드는구려.

한신 서호 10경이란 것은 서호 안과 근처에 위치한 유명한 명소 10가지를 말하는 것이오, 서호 10경중에서도 가장 대표적인 것이 단교잔설(斷橋殘雪), 평호추월(平湖秋月), 소제춘요(蘇堤春曜), 곡원풍하(曲院風荷), 화항관어(花港觀魚) 등이 있소.

최부 곳곳마다 얽힌 이야기들이 가득한 것 같소. 소제춘요는 나도 조선에서 들어 본 바가 있소. 소동파가 항주에 지사로 부임했을 때 쌓은 둑(제방)이 아니오?

한신 중국에 대해 많은 것을 알고 있는 것 같소. 최 공이 말한 그대로요. 소제춘요는 사시사철 모두 아름답지만 이름에서도 추측할 수 있듯 봄날 새벽의 경치가 가장 절경이오.

최부 중국은 땅이 넓어 여기저기 볼 것이 많은 것 같소. 하지만, 조선의 경치도 빠지지 않는다오.

한신 그렇소? 우리 기회가 되면 서로의 나라에서 머물러 보도록 하시지요. 나도 조선이라는 나라에 가보고 싶었소.

최부　그러도록 하지요. 날씨가 쌀쌀하오. 나는 온갖 고난을 다 겪은 몸이라 이 정도 찬바람은 거뜬하오만, 당신은 안색이 좋지 않으니 쉬는 것이 좋을 듯하오. 당신의 나라에 대한 설명은 아주 잘 들었소.

한신　그럼, 안으로 들어가서 이야기를 나누지요 내가 음식을 좀 준비했소.

최부　알겠소.

잠시 둘은 강을 보며 말없이 서 있다. 한신을 따라 들어간다. 은영문, 대덕신교, 삼리교, 산천단, 오계교를 지나 숭덕현을 지나고 있고 선실 안에 요리가 차려져 있다.

한신　변변치 않지만 드시구려.

최부　그럼 잘 먹겠소. (이상한 듯이) 그런데 모양을 보니 게 같은데 크기가 좀 작은 거 같습니다.

한신　게는 맞지만 바닷게가 아니라 민물게 라요.

최부　아! 그래서 크기가 작은 거군요

한신　한번 드셔보시지요. 바닷게와는 다른 맛이 날 거요.

최부　(맛을 음미하며) 음.. 게가 정말 부드럽군요. 제주도 부임해서 해산물은 많이 먹어 봤고 바닷게도 먹어봤는데 바닷게의 쫄깃한 맛과는 차이가 느껴지는군요.

한신　(놀라며) 하하! 당신은 미각도 뛰어나구려! 민물게는 입안에서 사르르 녹는 것이 일품이지. 하지만 워낙 작은게 흠이라면 흠라오.

최부　정말 작기는 하지만 맛이 일품이군요. 민물게찜이라...

혹 본국과 찜하는 방법이 틀려서 이렇게 부드러운 건 아닌가요?

한신 글쎄.. 내가 요리방법은 알지 못하네... 내가 요리사를 불러 보도록 하지요.

최부 그럼 전 조선에서 요리를 했던 일행 한명을 불러 보겠습니다.

한신 그러시지요.

잠시 후 한신은 사람을 시켜 음식은 만든 중국인 요리사 한명을 부르고 최부는 거이산을 불러 온다.

한신 이 사람이 이 요리를 만든 요리사요. 궁금한 점을 물어보도록 하게.

거이산 중국은 찜요리를 어떻게 하오?

중국인 요리 여기서는 찜으로 기름기를 빼고, 익혀 원하는 취향대로 양념을 넣어 먹소. 또 여기서는 음식의 향을 중시합니다. 좋은 음식은 향기도 좋아야 한다고 믿기 때문입니다. 그래서 비싼 요리일수록 향기가 독특합니다. 조선은 어떻소?

거이산 조선은 대체로 톡 쏘는 맛과 단맛을 좋아하기 때문에 음식에 따라서는 꿀을 넣기도 하고 산초를 약간 쓰기도 합니다. 꿀은 몸을 따뜻하게 해 주고 피로를 풀어 줍니다. 그리고 조선은 또 기름을 잘 쓰지 않고 담백한 것을 즐겨 먹습니다.

최부 그럼 찜 하는 방식과 이 민물게의 부드러움과는 상관이 없소?

중국인 요리사 그렇습니다. 민물게 자체가 부드러운 것이지 찜으로 해서 부드러운 것이 아닙니다.

최부 그렇군요. 거이산 자네도 들어보게.

거이산 감사합니다. (민물게를 먹어보고) 음 정말이지 부드럽군요! 입안에서 약간의 비린내가 나는 듯 하지만 이정도면 일품입니다.

최부 (놀라며) 비린내라니? 나는 전혀 느끼지 못했는데....

중국인 요리사 (거이산을 바라보며) 미각이 상당히 뛰어나시군요. 지금 이곳이 배안이라서 요리 재료가 부족하여 몇 가지 재료가 빠져서 약간의 비린내가 나는 것인데 그걸 알다니...

한신 음 그런 것인가? 나도 느끼지 못했는데...

거이산 처음엔 부드러운 느낌 때문에 알지 못 했는데 코끝에 남는 향에서 비린향이 난 것을 알았습니다.

한신 (웃으며) 허허 대단하구만 그런 미세한 것 마저 놓치지 않다니.

거이산 그저 요리가 좋아서 조금 관심을 가진 거뿐입니다.

최부 자네의 미각이 훌륭하네! 나도 자네가 요리에 관심을 가지고 있는건 알았지만 이정도 일 줄이야. 자네 다시 봤네.

거이산 감사합니다.

최부 좋은 음식 대접해주셔서 감사합니다. 그럼 시간이 늦어서 돌아가겠습니다.

한신 살펴 가십시오.

배는 숭덕하에서 세과국, 영안교, 양제원, 삭의문을 지나 밤 삼경에 조림역을 지나 철야 강행한다.

선원1　철야 운행이야.
선원2　뭐? 아니 우릴 죽일 생각인가? 뭔 철야야?
선원1　그러게 말일세. 이거 힘들어서 못해 먹겠네.
선원2　아니, 왜 이리 서두르는 거래?
선원1　뭐 들으니까 위에서 이 배에 타고 있는 조선 관리를 빨리 북경으로 데리고 오라는 명령이 있는 듯 하던데 확실히는 나도 모르겠네.
선원2　(한숨 쉬며) 아휴~~ 하라면 해야지, 처자식 생각해서 내가 참아야지.

이때 최부가 등장하며 선원들이 흠짓 놀란다.

최부　무슨 얘기를 하는가?
선원1　(비굴하게 웃으면서) 아무것도 아닙니다.
최부　자네들이 우리들 때문에 고생이 많네. 열심히들 하게.
선원　네 알겠습니다.

삼탑만을 거슬러 올라 삼탑포를 지나 용영에 이른 최부는 갑판에서 주위의 경치를 보고 있다.

최부　(혼잣말) 음. 경치가 아주 좋구나. 저 앞의 세 개의 큰 탑이 강을 굽어보고 있어서 아마도 삼탑만이라 이름

지은 것 같군.

뒤쪽에서 화연이 최부의 곁으로 다가온다.

화연 무엇을 그리 보고 계신지요.
최부 경치를 보고 있었소. 참으로 아름답구려.
화연 전에 와봤지만, 나리와 함께하니 더 아름다운 거 같아요.

둘은 잠시 그렇게 말없이 서 있는다.

최부 (정면을 응시하며) 힘들 거요.
화연 (잠시 최부를 바라보다 역시 정면을 응시하며) 이젠 제게 당신을 보지 못하는 일이 더 힘든 일이 되었답니다.
최부 (화연을 돌아보며) 소저.
화연 (수줍어하며) 전 이만 들어가 볼게요.
최부 (돌아가는 화연의 손목을 붙잡고) 날 용서하시오.

최부 화연을 끌어안고 키스한다. 화연 소저가 부끄러운 듯 서둘러 들어가고 최부는 그곳을 슬픈 표정으로 바라보고 있다. 둘의 모습을 지켜보는 눈이 있었다.

배는 용왕묘, 가화체운소, 조씨정절문, 사직단, 향주교를 지나 서수역을 지나고 있다. 안의와 권산이 지난번 최부와 화연소저의 일에 대해서 이야기 한다.

안의　두 사람의 감정이 점점 깊어지는 거 같아서 걱정이다.

권산　그르게 말일세. 이러다가 이곳에 눌러 산다고 할 거 같은 기세라니까.

안의　(한숨을 쉬며) 어차피 한 사람은 떠나야 할 몸인데 이리 마음을 주시면 두 분 다 편하지 않을 텐데.

권산　어쩌겠나. 사람의 마음이 마음대로만 된다면...

안의　그렇긴 하지 사람의 마음이 마음대로 되진 않지만 최부 어르신은 혼자가 아니지 않은가 같이 표류해서 지금까지 믿고 따라온 자들도 생각하셔야 할 텐데..

권산　(심각하게) 정말 이러다가 조선으로 떠나지 않으신다고 하는 거 아닐까?

안의　(화를 내며) 말도 안 돼. 난 최부 어르신을 믿네. 지금까지 우리를 위해서 노력 하시는 모습을 자네도 보지 않았는가?

권산　앞으로 두 사람의 행동을 좀 더 신경 써야겠어.

안의　그러게. 좀 더 신경 쓰세.

배는 서수역을 떠나 새벽녘에 평안역에 도착 후 유숙한다. 오강현을 지나 소주부로 나아간다. 전날 고소역에 도착해 소주에서 주위 경관을 보고 있다.

최부　이 역이 옛 고소대의 텃 자리 같으면 바로 옛 오왕이 소축한 고소대가 여기에 있었소?

한신　아니요. 옛 고소대는 고소산에 있었소. 오왕인 합려가 당초 산에 고소대를 지었지요. 그 후 부차(부왕 합려의 아들)가 공대하게 개축하였다 하오. 그 유지는 아직도 소흥 사이에 남아 있소. 그 후 여기에 축대하고 이름을 고소의 고사에 의존하였다가 지금은 없어지고 역이 되었소. 그런데 성 안에 축대하고 편액에 고소라 하고 있기도 하지요.

잠시 주위 경관을 감상한다.

한신 난 이만 가보아야겠소. 조금 있으면 안찰어사가 찾으러 올 것이오.

최부 살펴 가시오.

한신은 물러간다. 잠시 후 안찰어사 두 관인이 최부에게 다가온다.

왕 당신이 조선인 최부란 사람이오?

최부 그렇소. 내가 최부요.

왕 하하 반갑소. 난 안찰어사 왕이란 사람이고, 옆의 이 친군 송이라는 사람이오.

최부 (웃으며) 반갑소.

왕 여기서 이렇게 아니라 예빈관으로 드십시다. 저를 따라오시지요.

최부와 두 안찰어사들은 예빈관으로 향한다.

예빈관.

왕　당신의 관품은 어떤 품이오?

최부　오품관이오.

왕　당신은 시를 지을 줄 아시요?

최부　우리나라 선비는 경학궁리를 업으로 삼고 있소. 시는 예전처럼 즐기지 않소.

왕　기자 봉조전 하였는데 지금 후예는 있소 없소? 그리고 사당과 무덤은 있는지 제사는 불폐하고 있는지요?

최부　기자의 후손인 기준은 위만에게 쫓기어 마한으로 도망하여 도읍을 세웠는데 그 뒤 백제에게 멸망되었고 지금은 후사가 없으며 기자묘는 평양에 있고 해마다 춘추에는 제사를 지내요.

왕　당신나라는 어떠한 재주가 있어서 수나라와 당나라의 병사를 물리칠 수 있었소?

최부　모신, 맹장, 용병에 도가 있었고 병졸들은 모두 용맹하여 수나라와 당나라를 물리칠 수 있었소.

왕　음. 잘 알았구려. 그만 우린 나가 봐야겠소. 편히 쉬고 계시오. 게 아무도 없느냐?

병사　예. 나리.

왕　외랑봉에게 이곳으로 최공이 먹을 음식을 가져다 드리라 해라.

병사　예.

최부　이렇게 신경 써 주셔서 고맙소.

왕　하하. 별말씀을요. 그만 이만 나가 보겠습니다.

왕과 송이 나가고 잠시 후 병사가 음식을 가지고 온다.

병사　나리, 먹을 것을 가지고 왔습니다.

최부　이리 가지고 오게.

병사가 탁자에 음식을 놓는다.

최부　고맙게 받았다 전해주게.

병사　예, 나리.

병사가 물러간다. 밤 삼경 최부 등 일행 다시 배위에 올라 북쪽으로 향하고 있다. 달빛이 밝은 갑판 위에서 최부는 생각에 잠겨있다. 화면이 전환되고 촛불 몇개만이 켜진 어두운 방에 두 개의 그림자가 보인다. 가까이 다가가니 푸근한 인상의 한 사내와 그 맞은편 마치 칼이 선 것처럼 날카로운 인상의 사내가 앉아 있다.

오묘　자네 그 소문 들어본 적 있는가?

양왕　아니 밑도 끝도 없이 그게 갑자기 무슨 소린가?

오묘　얼마 전에 표류해왔다는 조선의 선비 말일세.
그자가 이 배에 타고 있다는 군.

양왕　허 정말인가? 그 소문이야 나도 진작에 들어 보았지.
학식이 뛰어나다 들었네만.

오묘　음 그런 얘기야 나도 들었네만 그래 봤자 소국의 선비 아닌가? 뛰어나면 얼마나 뛰어나려고..

양왕　아니야 소국이라 해서 얕잡아보면 큰코 다칠 걸세.
예로부터 동방예의지국이라 할 만큼 오랜 역사를 가진 나라니까.

오묘　흥 그렇다면 어디 그 잘난 동방예의지국인지 뭔지 에서 온 그 선비 낯짝을 한번 봐야겠군. 소국 선비에게 내가 대 명나라 유림의 힘을 똑똑히 보여주겠네.

양왕　흠, 좋지.

오묘는 곧 붓 을 들고 서신을 적기 시작한다.

오묘　여봐라 이 서신을 조선에서 왔다는 최부라는 조선 선비에게 전해주어라.

병사　예이 대인.

화면이 다시 바뀌어 최부

병사　대인!

최부　음. 무슨 일인가?

병사　이 서신을 전해주고 오라는 명을 받고 왔습니다.

최부　이리 주게.

최부는 서신을 읽는다.

쪽지 내　나는 오묘라는 사람이외다. 들으니 공이 선비라 하니 알고 지내고 싶소. 지금 양왕이라는 친구와 이 배에 동승하고 있소. 한 번 만나기를 바라니 청을 사양치 마시오.

최부　이분들이 있는 곳으로 안내해주겠나?

병사　예, 대인. 절 따라오십쇼.
최부　안의 자네도 따라 나서게.

최부와 안의는 병사를 따라 오묘 등이 있는 배로 간다.

최부　(문 앞에 서서 옷을 잘 다듬고) 최부라 하오.
오묘　(문을 열고 반기며) 하하, 어서 오시오. 이렇게 초대에 응해 주어 고맙구려. 어서 안으로 드시지요.

최부와 안의는 안으로 들어와 탁자로 다가온다.

오묘　앉으시오. 나는 오묘라는 사람이외다.
양왕　양왕이라 하오.
최부　최부라고 합니다.
안의　안의라 합니다.
오묘　흠 조선에서 왔다고 하셧소?
최부　네 대인.
오묘　그래 조선에서 어쩌다 우리 대명까지 오게 되셧소?
최부　부친상 도중 풍랑을 만나 표류 중에 오게 되었습니다.
양왕　음, 그것 참 고생이 많았을 것 같구려.
최부　네, 참 고생이 많았지요.

최부는 억누를 수 없는 마음의 격정에 고개를 숙이고 만다.

왕양　흐음 그래도 지금 그대가 살아 있잖소 그대가 살아있으니 그대의 나라 조선으로 다시 돌아갈 수 있을 것이고. 생이별할 뻔 했던 그대의 가족들도 만날 수 있을 것이니 그만 심려하시오.

오묘 자자 그런 얘긴 이제 그만하세. 그대가 동방예의지국에서 온 선비라 하니 몇 가지 물으려 하오. 어디, 대답할 용기가 그대에게 있소?

오묘의 오만한 말투를 최부는 담담한 말투로 받아들인다.

최부 子曰 知者不惑 仁者不憂 勇者不懼(자왈 지자불혹 인자불우 용자불구)라 하였소. 지혜 있는 사람은 미혹되지 아니하고, 인한 사람은 걱정하지 아니하고, 용감한 사람은 두려워하지 않는다. 하니, 내가 지혜가 있거나 인정이 많지 않지만. 그대의 질문에 대답할 용기는 있소이다.

오묘는 최부의 자신감이 맘에 안 드는지 슬쩍 흘겨보고는 말한다.

오묘 흐음… 덕이란 어떤 것이오?

최부 德者爲成人間幸福以是最重德目矣(덕자위성인간행복이시최중덕목의)라 하였소. 공자께서 말씀하시길 위정자는 덕이 있어야 한다 하셨소.

곧 도덕과 예의에 의한 교화가 으뜸이오.

오묘 (흐음… 제법이군.) 그렇다면 인은 무엇이오?

최부 인이라 함은 사람을 사랑하는 것이오. 아국의 옛말에 홍익인간이란 말이 있는데 이 말의 뜻이 무엇인지 아시오?

왕양 무엇이오?

최부 홍익인간이라 함은 인간을 널리 이롭게 한다는 뜻이오. 우리 조선은 우리 옛 선조의 뜻을 받아 홍익인간의 이념으로 정치하고 있소. 우리 조선은 아무리 하찮은 나라 백성이 찾아오더라도 이러한 이념 아래 나라를 다스리오. 그런데 대국이라는 명은 손님대접이 아국 조선만 못한 것 같소? 이리 핍박만 해대니.

최부는 답을 한 후 오묘를 지그시 바라본다.

오묘는 그런 최부를 보고는 일어나 대소한다. 한참 후 다시 앉아 최부를 바라본다.

오묘 하하하! 최공 그대를 내가 잘못 보았구려.
내 그동안 우물 안 개구리였소. 하하! 내 무례한 점은 사죄드리겠소.

최부 아닙니다, 오대인. 하하 어줍잖은 말을 꺼낸 것 같아 송구스럽습니다.

오묘 아니오, 아니오. 그리 말씀하시면 내가 섭섭하오.
여봐라 게 있느냐. 여기 차 좀 내 오너라.
미안하오, 최공. 내 주인이 돼서 손님을 제대로 대접하지 못했구려.

잠시 후 시비가 차를 내온다.

오묘　예부터 항주에는 오룡차를 즐겨 마셨소. 오룡차는 다른 차와 마찬가지로 내장에 끼인 지방을 제거하고 또 피를 맑게 한다 하여 즐겨마시오. 특히 차향이 은은하여 마시기에 좋을 것이오.

양왕　우리 음식은 주로 기름에 조리해서 먹는데 그대에겐 잘 맞지 않았을 것 같소. 어떠했소?

최부　예, 사실 좀 고생이 많았습니다. 허허.

양왕　우리 음식이 대부분 기름에 조리하는 이유는 살균 효과도 있고 맛도 좋기 때문이오. 그래서 자연히 지방을 많이 섭취하게 되오. 이 지방을 줄이기 위해 차를 마신다오. 차가 없는 남방은 생각할 수 없지 암.

최부　아 그렇군요. 차가 그윽하고, 맛이 좋습니다.

양왕　하하 그리 좋은 차는 아니니 너무 띄우지 마시구려.

세 사람이 담소를 나누고 있는 와중 배는 풍교에서부터 편풍을 만나 돛을 달고 북동쪽으로 향한다. 주위에는 호립사가 있고 높은 탑들이 있다. 사독포 조왕경교를 경유해서 진에 이르렀다.

오묘　진 앞에는 세관이 있어서 남북으로 왕래하는 선박은 이 항구에서 점검한 후에라야 운항할 수 있소.

최부　(고개를 끄덕이며) 음. 그렇군요.

이때 어사 세 관인이 와서 최부에게 다가온다.

관인1　당신이 최부요?

최부 그렇소이다만, 무슨 일이오?
관인2 태감께서 당신을 만나보고 싶어 하시오.
최부 음, 알겠소. (오묘 등을 보며) 먼저 일어나 보겠습니다. 초대 감사하오이다.
양왕 아니오. 초대에 응해 주어 오히려 우리가 감사하오. 그럼 살펴 가시구려.

최부와 안의는 관인들을 따라 태감에게 간다.

관인3 태감나리 최 공을 모시고 왔습니다.
태감 오~ 안으로 뫼시게.

선실 안으로 들어가니 푸근한 인상의 초로의 사내가 앉아있다.

태감 어서 오시오. 이렇게 오라 하여 미안하오.
최부 아닙니다. 조선의 사대부 최부라 하옵니다.
안의 안의라 하옵니다.
태감 하하. 내 이름은 정의연이라 하오. 어서 앉으시오.

최부와 안의는 곧 태감 앞 탁자에 앉는다.

태감 고생이 많으시오.
최부 아닙니다. 이리 무사히 돌아갈 수 있는 것만도 다행이라 여기고 있습니다.
태감 (고개를 끄덕이며)음 나는 원래 절강에서 직염 등 기업을 관리하는 관리인데 오늘도 그런 공무로 소주를 경유해서 북경으로 향하는 길 중에 소문의 그 조선 관리가 있다는 말을 듣고 만나 뵙자 하였소.

최부　소문이요?

태감　하하. 학식이 뛰어나고 무예에 출중하여 문무를 다 갖춘 선비가 나타났다하여 소문이 파다하더이다.

최부　아닙니다. 소인은 일개 범부에 지나지 않습니다.
소문이 와전된 듯싶습니다.

태감　하하. 너무 겸양치 않아도 되오. 전부터 난 그대의 나라에 대해 관심이 많았다오. 이참에 궁금증이나 풀어야겠구려. 허허.

최부　얼마든지 물어보시지요.

태감　귀국에서는 어떤 경을 존중하오?

최부　선비는 모두 사서오경만 익히고 있으며 타기는 배우지 않습니다.

태감　귀국에도 학교가 있소?

최부　서울에는 성균관이 있고 또 종학, 중학, 동학, 서학, 남학이 있으며 주, 부, 군, 현에도 모두 향교가 있습니다. 또 향학당이 있으며 집집마다 국당이 있습니다.

태감　그대의 나라는 어떤 성현을 존중하오?

최부　대성한 지성문선왕을 존중하오.

태감　허허 귀국은 상사를 행하는데 몇 해 행하오?

최부　주문 공가례에 한결 같이 따르며 거친 삼베로 지은 상복을 입고 삼 년이고 대공[19] 이하는 모두 등차가 있습니다.

태감 귀국의 예는 몇 가지가 있고 형은 몇 가지가 있소?

최부 예에는 길(제사), 흉(상사), 군(군사에 관한 예의), 빈(빈례), 가(결혼) 등 오례가 있고 형에는 참, 교(목을 졸라 죽임), 유(귀양), 도(징역), 장태(곤장), 등 명나라 법에 준하고 있습니다.

태감 귀국에서는 어떤 정삭과 어떤 연호를 쓰오?

최부 대명 정삭과 연호를 따르고 있습니다.

태감 흠 그럼 금년의 연호는 무엇이오?

최부 홍치원년(1488)이지요.

태감 그대는 관직에 오른 지 얼마나 되길래 그리 잘 알고 있소?

최부 명나라는 우리나라와는 유일무이 친선한 나라인데 어찌 모를 리 있겠습니까?

태감과 최부 일행은 담소를 나누며 시간을 보낸다.

태감 어허 이거 벌써 시간이 이렇게 지났구려. 이만 공무를 보러 가봐야겠소.

오늘 이리 와주어 고맙소. 덕분에 많이 배웠소.

최부 아닙니다. 이리 초대해 주셔서 고맙습니다. 저도 덕분에 즐거운 시간을 보냈습니다.

태감 허허 그대가 무사히 귀국하도록 빌겠소이다. 보중하시구려.

---

19. 오복의 하나. 굵은 베로 지어 아홉 달 입는 복.

최부　호의 감사히 받겠습니다. 살펴가십시오.

태감이 나간 후 안의와 최부가 나란히 걷고 있다.

최부　음 피곤하군. 오늘은 하루 종일 이리저리 불려다니는구만.
안의　하하. 이게 다 나리의 유명세 덕 아니겠습니까? 부럽습니다요.
최부　하하! 안의 예끼 이 사람 자네 지금 날 놀리는 겐가?

정담을 나누는 사이 어느새 선실에 도착한다. (잠시 후 시비 하나가 음식을 가지고 온다.)

시비　대인 식사를 가지고 왔습니다.
최부　이리 가지고 오시게.

시비가 탁자에 음식을 놓는다.

최부　허허 음식을 뭐 이리 많이 가지고 왔는가?
시비　왕대인께서, 오늘 하루 고생이 많으셨을 것이라고 나리께 좋은 음식으로 잘 대접하라 하셨습니다.
최부　이리 좋은 대접을 해주시니 내가 어떻게 보답을 해야할지 모르겠구나.
시비　(미소를 지으며) 편히 쉬십시오. 이만 나가 보겠습니다.
최부　감사히 먹겠네. 고맙게 받았다고 전해 주시게.

시비　예, 대인.

시비가 물러간다. 음식을 먹은 최부 일행이 포만감에 배를 두드리는 사이 배는 다시 출발하여 보원교, 보은교, 허서포, 오가점, 장공포, 득승교, 통병교 등을 지나 밤새 강행하여 사경쯤 석산역에 도착 유숙한다.

희뿌연 밤안개 사이로 양자강 저편의 다리가 보였다. 스물네 개의 다리, 서른여섯 개의 저수지 등의 경치는 이 지방을 가장 뛰어난 관광지로 만들기에 충분했다. 가무와 반주 소리로 사람들 마음을 흔들어 놓는 이 밤. 두 사내의 힘든 발걸음 소리가 들렸다.

최부　여기는 어디쯤인가? 우리가 제대로 가고 있긴 한것인가?
권산　걱정 말고 조심히 따라 붙으십시오 나리. 방심하다가 발을 헛디디는 날엔 나리도 저도 저 세상 사람 되는 건, 식은 죽 먹기입니다요.
최부　경치도 좋고 물도 맑으니 그냥 지나치기는 매우 아깝군. 오늘은 여기서 잠깐 눈을 붙이고 가도록 하지.
권산　에이. 이러다가는 꼬박 삼 일을 걸어도 모자랄텐데요.
안의　권산 너무 많이 걸었네. 좀 쉬는 게 낫겠네.
권산　에잉 나도 모르겠수다. 그럼 밤도 늦었고 하니 여기서 아예 눈 좀 붙이다 가지요 뭐.
정보　아따, 경치 한번 끝내 줍니다요.
최부　그러게 말일세 허허

거이산 근데 말입니다. 나리 황하는 물이 누래서 황하라고 부르고 동하는 물이 파래서 청하라고 부르는데 그럼 이 강은 뭐라고 부릅니까?

안의 이 두 강. 즉 서하와 동하가 여기에서 합류하고 있으므로 이를 회하라고 부르지. 수심은 한이 없고, 수류는 아주 급하다고 하더군. 저기 보이는 구산이 바로 이 강을 지켜 준다는 전설이 있네.

권산 엥? 강을 지켜준다니? 그런 말 마쇼. 전설에는 원숭이 같이 코는 오그라지고 이마가 높고 몸뚱이는 청색에 머리는 백 개나 달려있고 눈은 번쩍번쩍 빛나는 신물 같은 한 동물의 형용을 그려서 가지고 가지 않으면 큰 일 난다고들 하는건 나도 익히 들어 알고 있단 말입니다.

최부 허허, 그런 전설도 있던가?

권산 저도 주워들은 얘깁니다요.

최부 하하하, 걱정 말게나. 아무 일도 없을 걸세.

권산은 미심쩍은 듯 두리번거리다 누울 자리를 보고 철퍼덕 드러눕는다. 사방에 개미 한 마리 지나가지 않는 듯 적막이 오랫동안 흘렀다. 아직 갈 길은 멀다.

한참 후 눈을 떠보니 어두컴컴한 새벽이 되었다. 공기는 싸늘하고 갈 길은 멀어 권산은 서둘러 최부를 흔들어 깨운다.

권산 나리, 나리 일어나십시오. 이러다 감기 들겠습니다요. 이렇게 싸늘할 때는 좀 걷는 게 낫습니다.

최부　아아. 벌써 말인가?

안의　어서 서둘러 가시지요. 차라리 밝을 때 가는 게 낫겠습니다.

권산은 뭔가에 홀린 듯 빠른 걸음을 재촉했다 새벽 공기가 자꾸 헛기침을 만들었다. 최부는 심한 기침 속에 피를 보고야 만다.

거이산　아니 나리. 뭔 기침을 그리 심하게 하십니까? 너무 무리하신 거 아닙니까?

최부　모르겠네. 음

안의　나리, 원래 새벽 공기가 기침을 만들고 기침이 심하면 피가 나기도 하고 그렇다던데... 심하게 걱정 안 하셔도 될 겁니다. (멀리서 기침 소리가 들린다.) 저기 저 기침 소리 들리시지요? 별로 걱정 안 하셔도 될 것입니다.

이때 갑자기 화살이 날아와 권산의 왼쪽 어깨에 화살이 박힌다. 연이어 또 하나의 화살이 최부 등을 향해 날아왔다. 최부가 순간 날쌔게 피하면서 화살을 쏜 쪽으로 칼을 뽑아 달려간다. 복면을 한 사내가 잽싸게 도망친다. 최부가 몸을 날려 칼을 내리쳤다. 한참 검투 끝에 최부의 칼이 그의 팔을 베었으나 전력으로 도망치는 복면인을 결국 놓치고 만다. 최부가 돌아온 자리에 권산이 쓰러져 있고 정보와 안의가 돌보고 있다. 이때, 저 멀리서 기침 소리와 함께 두 사람의 형체가 슬며시 보인다. 진훤과 부영 두 사람이 최부 등을 발견하고는 다가온다.

부영 아니 이보시오. 지금 여기서 길을 막고 뭐하는 게요? 이곳은 도적들이 꼬리를 물고 많이 일어나고 있는 곳이란 말이요. 어서 이곳을 빠져 나가는 게 당신들을 위해서 좋을 게요.

최부 나는 '최부'라하오. 길을 가던 중에 강도에게 습격을 당해 일행이 다쳐 부득이하게 되었소.

부영 어이쿠! 벌써 당한게로구먼.

진훤이 권산의 상처를 보고는 께름칙한 표정을 짓는다.

진훤 이크! 깊이도 박혔구려.

부영 당신들이 아직 뭘 모르나본데 이 지방 도적들은 특히 더 무섭다오.

최부 알고 있소. 하지만 지금까지도 몇 차례 도적을 만나왔소. 도적이 무서워서 갈 길을 못 간다면 장부로 태어나 세상 살기가 부끄러울 것이오.

진훤 대개 중국 사람의 성격을 보면 북쪽지방 사람들은 강한 편이고, 남쪽지방 사람들은 유순한 편이오. 영파부 근방 도적은 강남 사람이기 때문에도 적질을 할망정 사람은 죽이지는 않소. 그러기에 당신들이 여기까지 오면서 살아 있는 것일게요. 여기 북쪽지방 사람들은 겁탈하고 약탈하고 난 후엔 후한이 두렵다하여 반드시 사람들을 죽여서 구렁창 에 버리거나 강물에 띠우거나 하는 만행을 자행하고 있소.

최부 북쪽지방 사람들이 강하다면, 이미 북쪽에 발을 디딘나 또한 강한 사람일게요. 걱정은 안 해도 될 거요.

부영 허허, 사람 참 배짱이 좋구려. 내 동행해도 되겠소. 그대의 옆에 있으면 나도 그대의 덕을 볼 것 같소. 설마 정말 도적을 만나게 되면 줄행랑치는 것은 아니겠지요?

최부 허허, 그런 소리 마시오. 남아로 태어나 그리 부끄러운 짓은 하지 않을 테니.

진훤 아니. 조금 더 가다 표류하는 시체를 보면 그대의 담력을 넉넉히 알 수 있을 겠지요. 아마…

일행은 권산의 응급처치를 마친 후 다시 발걸음을 옮긴다. 산을 오르면 오를수록 좀 더 스산함이 느껴지고 안개는 더 심하게 앞길을 막는 듯하다. 한동안 적막이 흐르고 그릇이 깨질듯 한 비명 소리에 그 적막도 함께 깨진다.

거이산 어이쿠야! 이게 무슨 소리 다냐?

최부 음 이게 무슨 소리지?

부영 에잉 쯧쯧쯧... 벌써부터 이리 놀라면 어떡하나. 아직도 갈 길이 훤하다우.

정보 저게 대체 뭡니까?

진훤 저것은 강도의 머리요. 한나라 때 공수가 단신 부임하여 도적 떼들을 평정하였다 합니다. 이 지방에 도적이 많아 약탈과 살인 등이 무척 심했었다 하오. 해서 누구나 볼 수 있게 이렇게 긴 작대 위에 머리를 달아 놓은 거요. 그렇게 놀랄 것은 없소이다.

최부와 일행들, 홍랑과의 첫 만남.

햇살이 따사롭게 내리쬐는 따스한 오후, 저 멀리서 최부와 일행이 걸어오고 있다. 땅은 촉촉하고 공기는 차갑다. 울창한 숲 사이에서 태평한 새들의 지저귐이 울려온다. 곧 갈림길이 나온다.

부영　음 이만 헤어져야겠소. 그대들은 우리와 반대쪽 방향이오.

최부　음 반가웠소. 그리고 이 지방에 대한 정보도 감사했소.

진훤　하하, 우리들에게도 유익한 시간이었소. 그대 같은 장부를 만나니 언제 한번 조선에 들려보고 싶구려.

부영　살펴 가시오.

최부 일행은 부영, 진훤의 반대 방향으로 발걸음을 옮긴다. 가는 내내 초록이 만연하다.

안의　여태 우리가 겪었던 곳과 비교하면 천국 같은 곳이구나. 경치가 참 좋습니다. 나리, 여기서 쉬었다 갈까요?

최부　조금 더 살펴보세. 걷다 보면 오두막이나 물이 나는 곳이 있겠지. 그곳에서 하룻밤 묵고 가는 걸로 하지.

일행1　(하품을 한 뒤 옆의 일행에게 말을 건내며) 하~암. 이대로 가다가 조선에 도착할 수나 있는 건지 모르겠네. 만날 죽이나 풀밖에 못 먹고. 다리에 힘이 풀려 죽을 지경이야. 딱 고기 두 점 먹어 보는 게 소원이겠구먼.

일행2　어이쿠! 자네, 그 무슨 배부른 소린가. 오줌 퍼 마신걸 그새 잊어 버렸나? 우린 두 번 죽었어도 할 말이 없다네. 살아남은 것만도 감사해야지.

일행1　에잉 한번 해본 소리네. 별것도 아닌 것 가지고 면박은... 사람 참!

정보　무얼 그리 조잘거리나. 자네 둘이 제일 뒤쳐지지 않았나. 이곳은 산적들의 위협이 자주 있다고 하니 입 다물고 어서 따라오게.

일행1, 2　예, 예. 알겠습니다요.

이 때, 조금 떨어진 곳에서 '챙~챙~'현란한 칼 소리가 들린다.

거이산　나리, 싸움이 일어났나 봅니다. 산적도 많고 길이 험하니 다른 곳으로 가는 것이 나을 듯 싶습니다.

최부　음… 어떤 사연으로 칼부림까지 하게 된 건지…. 그래 우선 위험하니 돌아서 가도록 하세.

최부와 일행은 더 넓은 길로 방향을 바꾸어 걸어간다. 모두들 산적이라도 튀어나오지 않을까 걱정되는 마음에 초초하고 발길이 바쁘다. 10분쯤 지났을까, 이전의 싸움의 무리에서 꽤 멀어졌다.

일행1　휴, 이제 좀 마음이 놓이네. 10리만 더 걸으면 이 길었던 숲속도 이제 끝이구먼. 아까 싸우던 무리들에게 괜히 혼나지는 않을까 걱정했다니까.

일행2　으이그, 이 겁쟁이 양반. 그래도 혹시 모르니까 조심해야 할 걸세. 앗 산적이다!

일행1 (깜짝 놀라며) 아이고! 나 살려라.

일행2 잘도 속아 넘어가긴. 여기서 오줌이라도 누려고 하는가. 낄낄.

일행1 예끼! 이 사람아 놀랐지 않은가?

한 편, 멀리서 갑작스레 한 사람이 최부의 일행 쪽으로 다급히 뛰어오고 있다.

칼에 베인 상처가 깊은지 옷 군데군데 붉은 피가 얼룩져 있고, 언뜻 봐선 누군가로부터 쫓기는 것 같다. 이내 최부의 곁을 지나가려다 갑자기 멈춘다. 그리고는 거친 숨을 내쉬며 최부에게 말을 건넨다.

홍랑 (숨을 가다듬으며) 헉…헉… 죄송하지만 실례를 범하겠습니다.

홍랑은 최부에게 무작정 달려들어 입을 맞춘다. 최부와 일행들은 갑작스런 상황에 눈이 커졌고 최부는 놀란 토끼마냥 얼이 빠져 있다.

홍랑 (잠깐 입술을 떼며) 아무 것도 묻지 마시고 그냥 꼭 껴안아 주십시오.

홍랑의 가는 목소리도 잠시, 가까운 곳에서 무리의 거친 발소리가 들려왔고 이내 산적들이 모습이 보인다. 그 무리는 주위를 둘러가며 산만하게 무언가를 찾고 있다.

곧, 최부 일행을 발견하고는 그들 중 한명이 최부 일행 쪽으로 다가온다. 최부는 눈치껏, 홍랑을 더 세게 끌어안고 나무 뒤편으로 간다.

산적1 (휘파람을 불며 눈을 흘기며) 그림 좋구먼. 헌데 사내 복장을 한 계집 한 명 못봤나? 분명 이쪽으로 왔을 텐데?

안의 글쎄올시다. 우리는 갈 길이 멀어 바삐 걷느라 신경 쓸 여력이 없었소이다. 참, 그러고 보니 아까 한 사내가 이쪽으로 쭉 뛰어가던데. 뭐가 그리 바쁜지 피가 나도록 뛥디다.

무시무시하게 생긴 산적이 들고 있는 칼의 날은 햇빛에 반사되어 번뜩거린다. 덥지도 않은 날씨건만, 안의의 등에선 땀이 주룩 흐른다. 일행 중 한 명은 침을 꿀꺽 삼킨다.

산적 부하1 두목님, 이 자가 그 계집이 뛰어가는 것을 보았다고 합니다. 얼마나 빠른지 벌써 여기는 지나갔나 봅니다.

산적 두목 (눈을 치켜세우며) 그래? 쥐새끼 같은 계집! 감히 내 눈을 피해 도망을 가? 어디 한번 잡히기만 해봐라. 얘들아, 어서 가자!

산적 부하2 (최부 일행을 가리키며) 네놈들 운수 한번 대통한 날 이구나. 그 계집만 아니었으면... 쳇

산적 두목은 가까운 나무 뒤의 남녀 한 쌍을 힐끔 보고는 수상하다는 듯 고개를 살짝 기울이더니 안의에게 묻는다.

산적 두목　저 두 연놈은 뭐냐?

안의는 갑작스런 사적두목의 물음에 놀랐으나 곧 침착하게 말한다.

안의　아이고 산군님, 제가 모시는 나리님이십니다요.
산적두목　그래? 그럼 저년은 뭣 하는 년이냐?
안의　하하. 저희 일행이 여행 중 주운 여자인데 아주 음란하기 그지없습니다. 미색도 어느 정도 되는 년이 아무한테나 마구 달려드니 아까도 갑자기 피를 보더니 갑자기 나리께 달려들어서 쩝...
산적두목　크크 음란한 여자로구먼. 음, 그래도 수상한데. 이놈 이리 와서 얼굴을 보여 봐라!

산적두목의 갑작스런 말에 일행이 절망할 때

산적부하1　두목 어서 오십시오. 빨리 안 오시면 총두령님한테 혼이 납니다요.
산적두목　에잉 알았다 이놈아! 쳇 네놈들 운 좋은줄 알아라.

이내 무리와 함께 최부 일행의 시야에서 사라진다. 피 범벅이 된 홍랑은 그제서야 최부의 입술을 놓아 주고는 털썩 주저앉는다. 피곤했던지 그녀는, 최부 일행의 웅얼거리는 소리와 함께 눈앞이 희미해진다.

최부　여보시오! 정신 차리시오!

안의 이를 어째… 피를 너무 많이 흘린 듯하니 여기서 쉬고 가는 것이 좋을 듯합니다.

일행1 (손으로 가리키며) 저기 허름한 오두막이 있습니다요.

최부 곧 날도 저물텐데 오두막에서 쉬어 가도록 하지. 모두 나를 따라오너라.

최부와 일행은 지친 몸을 이끌며 홍랑을 데리고 오두막으로 향한다.

정보 이 오두막, 겉모습은 허름해도 속은 쓸 만한 것 같군요. 우선 땔감과 먹을 것을 구해 오겠습니다.

최부 안의, 자네가 한번 보게나.

안의 칼에 베인 자국뿐이 없는 듯하니, 소독을 해주고 붕대를 감아 두는 것이 지금으로서는 최선일 듯 싶습니다. 느릅나무 껍질이 소염에 좋다고는 하지만, 여기서는 구하기 어려울 듯합니다.

일행1 아! 아까 오는 길에 느릅나무 몇 그루를 보았습니다요. 어딘지 봐 두었으니 여기서 얼른 껍질을 가져오겠습니다.

안의 오! 그랬는가? 그럼 어서 다녀오게. 다행입니다. 느릅나무 껍질만 있다면야 상처가 덧나지 않게 응급처리는 할 수 있겠군요.

최부 다행이로군. 음 이왕 이렇게 된 거 이 여인이 다 나을 때 까지 여기서 며칠 쉬고 가세.

안의 산적들이 언제 들이닥칠지 몰라 위험하긴 하지만 여인을 혼자 두고 갈 수는 없으니 어쩔 수 없을 것 같습니다.

잠시 후, 느릅나무 껍질을 받은 안의가 여인의 윗도리를 조심스레 벗긴 후 상처를 치료하기 시작한다. 그러는 사이 최부가 오두막 앞을 서성이며 생각에 잠겨있다.

최부　허허 정말 위험천만한 순간이었다 하늘이 보우 하셨군. (혼잣말로) 그건 그렇고 아름다운 여인이구나. 얼굴을 보니 기품이 서린 것이 평범한 집안의 처자는 아닌 것 같은데 왜 이런 산중을 돌아다니는 것인지, 음 뭐 깨어나면 알게 되겠지.

달이 차츰 수그러들고 날이 밝았다. 홍랑은 잠에서 깨어나자 통증이 몹시 오는 것을 느끼고 작은 신음 소리를 내었다. 밤새 홍랑을 간호하다 옆에서 잠이 든 최부는 이를 듣고 잠에서 깬다.

최부　움직이면 안 되오. 상처가 깊으니 며칠 동안 나을 때까지 누워 있어야 할게요. 우리도 며칠 쉬어 가기로 했으니 그때까지 안심하시오.

홍랑　(기억을 더듬으며) 감사합니다. 참! 그때 허락도 없이 정말 죄송하게 됐습니다.

최부　(얼굴을 붉히며) 아니오. 그건 그렇고 어찌하다 그 무리에게 쫓기게 되었소?

홍랑　어제 숲을 지나가는데 산적 무리를 만나게 되어 손 좀 봐줬지요. 다행히 어렸을 때부터 아버지께 무술을 배워 칼을 조금 다룰 줄 알기에 산적 무리를 대항할 수 있었답니다.

최부　아니 대체 어쩌다가 당한 것이오. 여자 몸으로 참으로 대단하시오.

홍랑　사실은 그때 두목이 부하 몇을 더 데리고 오는 바람에 이렇게 상처를 입고 대인님께 도움을 요청하게 되었어요.

최부　그런 일이 있었군요. 왠지 쫓기는 눈치 같더라니, 내 이름은 최부라고 하오. 낭자 이름은 무엇이오?

홍랑　홍랑이라고 합니다. 구해 주신 것 다시 한 번 감사드립니다.

최부　홍랑, 잘 기억해 두겠소.

삼일이 지나자 홍랑의 상처는 몰라보게 아물었고 이른 아침, 홍랑은 몸을 가누며 칼을 만진다.

최부　홍랑 낭자, 무리하게 움직이면 상처가 덧날 수도 있으니 그냥 쉬는 것이 어떻겠소?

홍랑　(잠시 멈추고는) 괜찮아요. 하루라도 손에서 칼을 놓으면 마음이 불안해요. 무리하지 않을 테니 걱정하지 마세요.

권산　홍랑 낭자는 칼과 떨어질 수 없는 사이인가 보군요. 씩씩한 면모가 보기 좋소. 그리고 나리. 이제 슬슬 이곳에서 떠나야 할 듯 싶습니다. 갈 길도 멀고 여기서 너무 지체할 수는 없지 않습니까. 홍랑 낭자도 이제 제법 괜찮아진 듯 보입니다.

최부　자네 말이 맞아. 그렇지 않아도 내일 아침 출발해야겠다 생각하고 있었네. 오늘 저녁 마지막 밤을 보낼 테니, 오랜만에 고기도 뜯고 즐겁게 보내세.

권산 예 나리. 실은 이 곳에서 사슴 4 마리 정도 잡아놓았습니다. 오늘은 그것들을 아끼지 않고 풀도록 하겠습니다.

최부 좋네.

어느새 방 한 켠, 창문 앞에 서 있는 홍랑. 휘파람을 '휙~'하고 불더니, 새 한 마리가 날아온다. 홍랑은 쪽지를 말아 새의 다리에 묶고 날려보낸다. 둥근 달이 떠오르고 여기 저기 고기 굽는 냄새가 가득했다. 신이 난 일행들의 얼굴에 웃음꽃이 만연하다.

일행2 (일행 중 한 명이 고기를 마구 뜯어먹는다. 한심하다는 투로) 쯧쯧, 자네는 고기 두 점만 있으면 된다고 하지 않았나. 그렇게 먹다가 위가 늘어나다 못해 터지고 말걸세. 천천히 먹게나.

최부 모두가 이렇게 즐거워하는 모습은 참 오랜만이구나. 그런데 홍랑 낭자는 보이지 않네. 자네, 못 보았는가?

안의 못 보았습니다. 그러고 보니, 홍랑 낭자도 미모가 출중한데 사내 차림만 하고 다니니 숨겨진 모습이 궁금해지더군요.

그때, 홍랑이 오두막에서 수줍게 나온다. 모두들 그녀를 보자 먹던 것을 멈추고는 입을 다물지 못했다. 얼굴에 고운 분을 찍고, 입술이 붉게 물드니 천상 여인의 모습이었다. 늘 한 갈래로 묶어 왔던 머리를 풀고 나니 비단 같은 머릿결에서 꽃향기가 나는 듯했다.

최부　참으로 아름답구료. 왜 그 고운 모습을 감추고 있었소?

홍랑　나리. 어쩌다보는 모습이 항상 보는 모습보다 머릿속에 기억이 더 잘 되는 법입니다. 내 생명의 은인 되신 분께 일 년에 한 번 있는 제 모습을 보여 드린 것이지요.

최부　일 년에 한 번?

홍랑　아버지 생신 때에 한 번이죠.

최부　그렇구료. 그런데 평소에는 대장부처럼 하고 다닌다는 게요?

홍랑　아버지께서 소녀를 아들처럼 기르셨답니다. 저도 그것이 싫지 않았고요. 저는 여자지만, 자신을 지킬 줄 아는 여자로 사내처럼 할 수 있는 것은 다 욕심을 냈답니다. 물론 소녀의 아버지께서 적극적으로 도와 주셨죠.

최부　참 대단하신 분이시구려.

한창 즐겁게 노는데, 오두막으로 화살 한 발이 날아왔다. 그러더니 예전에 봤던 산적 두목과 무리들이 순식간에 최부와 일행들을 포위해 버렸다. 모두 불안에 떨고 있었다.

최부　(혼잣말로) 이런! 큰일이다. 아직 홍랑 낭자가 완전히 낫지 않은 상태에서 이런 일이 닥치다니. 저렇게 많은 무리를 막을 수도 없는 노릇이고, 이 일을 어찌할까...

산적 두목 (안의를 가르키며) 네 이놈! 저번에 나를 속였겠다! 저 계집을 살려 준 너희들 또한 가만 두지 않을 것이다!

산적 부하1 (칼을 휘두르며) 크큭...간만에 몸 좀 풀어 볼까나.

산적 부하2 앗! 저 계집은? 오~ 꾸며 놓으니 몰라보겠군. 두목님, 저 계집은 생포해서 우리가 데려갑시다!

결국 최부와 일행들은 싸움에 지고 그때 마침 사방에서 사내들의 함성이 들려왔다. 이내 산적 무리의 주변에 활을 겨누는 붉은 색 제복을 입은 이들이 있었으니 최부와 일행은 무슨 일이 일어났는지 몰라 모두 어리둥절하였다. 홍랑은 한 발자국 앞으로 나간다.

홍랑 오실 줄 알았어요. 아버지! (말과 동시에 다가가 안으며)

사우 내 딸아! 다치지는 않았느냐? 이것들! 나도 진주처럼 귀하게 여기는 내 딸을 감히 위협하다니! 이 봐라!

사우 부하들 네!

사우의 부하들은 능숙한 행동으로 일당 무리들에게 활을 겨냥했고, 그들은 곧 쓰러졌다. 모두 순식간에 암담해 보이던 일이 최부 일행의 눈앞에서 사라져 버렸다.

홍랑 아버지, 쪽지를 받은 지 하루도 안돼서 와 주셨군요.

사우 네가 행방불명 되어 사람을 풀어 찾아다니고 있었다.

네 소식을 듣고 다른 일은 다 제쳐두고 이렇게 달려왔단다. 산적 일당에게 쫓기고 있다는 글에 얼마나 노심초사했는지 아는 게냐? 요 녀석! 다 커서도 애비를 이렇게 놀래키다니! 어디 다친 데는 없느냐?

홍랑 없어요, 아버지. 제가 누구 딸인데요.

사우 요 녀석.

사우와 홍랑은 마주보고 앉아 지난 이야기들을 하며 도란도란 이야기꽃을 피운다. 지켜보던 사병이 홍랑에게 한마디 건넨다.

사병1 나리님께서 얼마나 아가씨를 걱정했는지 모릅니다. 요 며칠 밥도 드시는 둥 마는 둥 하며 안절부절 하셨지요.

홍랑 참! 아버지, 이리 오세요. 이 분은 저를 구해주신 분이세요.

최부 (이마에 흐르던 땀을 닦고선) 조선에서 온 최부라 합니다. 홍랑 낭자가 산적 일행에게 쫓기는 것을 보고 그들에게서 잠시 보호해 주고 있었습니다.

사우 그렇소? 정말 고맙구려. 내 딸이 원체 왈가닥이어서 이런 일이 발생했소. 실례를 범하게 된 것 같아 미안하오.

최부 아닙니다. 남성도 울고 갈 만큼 의협심과 여성다움을 고루 갖춘 드문 아가씨입니다.

사우 하하하~ 내 딸 때문에 고생을 하셨는데, 그리 표현을 해주시다니. 당신이 어떤 사람인지는 모르겠지만, 우선 우리 집으로 함께 가세. 가서 대접도 하고 싶고, 이야기도 나누고 싶네. 어떻소?

최부 감사합니다. 우리 일행을 모두 받아 주신다면 함께 가겠습니다.

사우 물론이지요. 함께 가십시다.

최부 일행과 사우 일행은 함께 사우 집으로 간다.

그동안 최부의 건강 상태가 어떤지 좀 봐달라고 오라버니가 안의에게 지시하고, 오라버니는 돌아간다. 표류, 객지 생활로 건강이 약간 악화 되었다고 판단한 안의는 사우 집에서 편하게 쉴 것을 요구한다. 아무래도 객지 생활을 오래한 최부는 하루가 3년처럼 느껴져 빨리 환국하고 싶어한다.

사우 집에서 머무르는 어느 날 밤 새벽 공기가 자꾸 헛기침을 만들었다. 표류 생활이 힘들었는지 최부는 심한 기침을 한다. 그 끝에 결국엔 피를 토했다.

권산 아니, 나리. 어제부터 뭔 기침을 그리 심하게 하신대요? 너무 무리하신거 아니예요? 원래 이런 새벽 공기는 폐가 안 좋은 사람에게 치명적인 상처를 준다고 하는데 정말 걱정됩니다요.

최부 그리 걱정 안 해도 될걸세.

권산 그래도 그렇지. 나으리. 건강이 참 걱정됩니다. 자, 이 물이라도 한 잔 드셔 보세요.

최부는 권산이 건네는 물을 마시고 더 심한 고통을 호소한다.

권산 나리, 눈을 좀 떠보십시오. 나리, 나으리! 정신 좀 차려 보세요! (밖을 향해) 거기 누구 없소?!

이윽고 안의가 도착했고, 진료를 했다. 그리고 권산에게 안의가 말을 건넨다.

안의 물이라고 해서 다 같은 물이 아닙니다. 물에도 서른세 가지의 종류가 있으며, 그 물은 쓰임새에 따라 각각 구하는 방법도 다릅니다. 특히 환자에게 먹일 물은 더 신중하게 해야 합니다. 지금 이 물은 나리가 드시기에 적당치 않습니다.

권산 죄송하구만요...나리... 안의! 그래도 괜찮은가? 나리가 나으실 것 같은가?

안의 괜찮으실 걸세. 너무 걱정말게. 자, 이걸 홍랑 낭자에게 전해 주시게나. 홍랑 낭자가 약을 잘 다려 줄 것 같으니... (종이를 건네 준다.)

정보 오~, 홍랑 아가씨가 그런 재주도 있었나?

안의 사우 부하들에게 들었네. 약을 다리는 솜씨가 보통이 아니라고 하더군.

정보 내가 전해 주지! 이리 주게 권산. 내가 다녀옴세!

안의가 쓴 글을 정보가 홍랑에게 건네 주고, 홍랑은 잠시 놀라면서 정보에게 내일 아침에 약을 드리겠으니 가보라고 이른다. 그리고 홍랑은 암, 폐결핵, 기관지염, 기침에 좋다는 만병통치약초인 어성초를 직접 구해와서 밤새 약을 다린다. 다음 날 아침 약을 들고 최부의 방에 이르게 되고 홍랑이 다린 약을 안의에게 건네며 최부에게 먹이게 된다. 이틀을 이렇게 한 결과 최부는 깜짝 놀라울 정도로 기력을 회복한다.

권산　나리가 나으셔서 정말 다행이예요. 만약, 이대로 떠나시게 되시면 어쩌나 하고 얼마나 고심했는지 모르실 겁니다. 에고~ 내가 참... 물 한 번 잘못 드리고 마음고생이 어찌나 심했던지...

최부　아니네. 내 몸을 내가 잘 돌보지 않은 탓이지, 어찌 자네가 물을 잘못 건네서 그랬겠나. 오히려 내가 미안하네.

안의　(미소지으며 두 사람을 바라본다.)

홍랑의 방에 노크 소리가 들린다.

홍랑　뉘신지요?

최부　최부요.

홍랑　(놀라며) 어서 들어오세요. (최부가 들어 온 후) 그런데, 어인 일로?

최부　이제 돌아갈 날이 얼마 남지 않았으니 작별의 인사도 할 겸 온 것이오.

홍랑　많이 나으셨나 보군요.

최부　낭자 덕분에 이리 완쾌 되었소. 참으로 고맙소.

홍랑　뭘요, 소녀도 나리 때문에 생명을 구하지 않았던가요. 호호.

최부　참 묘한 인연이군요.

홍랑은 가볍게 웃는다. 그 모습이 참 아름답게 보인다. 일 년에 한 번 여성 차림을 한다던 그날처럼.

홍랑　고국으로 가시게 되어 기쁘시겠어요.

최부　그 기쁨이야 이루 말할 수 없지요. 정말 여러가지로 고마웠소. 그 쪽이 아니었다면 고국으로 돌아가는 일은 어려웠을 것이요. 도움만 받고 아무것도 해준 것 없이 가는 것 같아 내 마음이 편치 않소. 허허.

홍랑　별말씀을요. 하늘이 나으리를 돕는 까닭이겠지요. 짧은 시간이었지만, 함께 하는 동안 정이 들었는지 가신다는 것이 몹시 아쉽네요. 그동안 집 안이 쓸쓸하기만 했는데... 사람의 온기가 느껴져 행복했는데... 함께 하신 일행들과 우리 집안 사람들이 잘 지냈던 것을 보셨지요? 아쉽지만, 가시는 걸음을 바삐 하세요.

최부　낭자, 참으로 고맙소. 덕분에 나는 이렇게 은혜를 입고 떠나오. 낭자의 앞길에 하늘의 도우심이 함께 하기를 빌겠소.

길을 떠난 최부 일행은 홍로사에서 곧 조선으로 돌아갈 수 있다는 약속을 받고, 일행들과 함께 화연네 집으로 돌아오고 있다.

일행1　와아~ 이제 집으로 가겠구나!

일행2　암 그렇고 말고! 우리 색시가 기다릴 터인데 얼른 가봐야제~.

안의 하하하~. 그렇게 좋으냐?

일행3 그럴만도 하지.. 그러고보니 우리가 이곳에 있은 지도 시간이 많이 지났네...

권산 나도 울 엄니가 허벌나게 보고 잡구먼. 나리, 나리도 좋지라?

최부 그래, 좋구나. 어서 가서 아버지 묘소 앞에 절하고 싶구나. 상도 제대로 못 치뤘을텐데...

안의 근데, 저는 좀 아쉽기도 합니다. 이곳 사람들과 정도 많이 들었고 명이란 나라의 문화를 이제 막 이해하려던 참인데... 나중에 기회가 된다면 한 번 더 와보고 싶습니다.

권산 그렇긴 하제. 우리 나라와 그리 다른 점도 없고 제법 살기 괜찮은 곳이제~. 그리고 화연 아씨의 맛있는 음식도 맨날 먹고~ 낄낄낄.

안의 참! (조심스럽게) 화연 아씨는 어떡하죠?

정보 그러게요. 화연 아씨가 아시면 무척 서운해 하실텐데...

모두 시선이 최부에게 집중된다.

최부 음.. (망설이다가) 일단은 화연 아씨에게는 말하지 말거라. 말해도 내가 말할 터이니 너희들은 내색하지 말도록!

한편, 화연의 집.

점심 시간이 될 무렵 화연은 식사 준비를 마치고 마당으로 나온다. 제법 따가운 햇살이 내리쬐지만 화연은 흐뭇한 미소를 지으며 하녀들과 함께 빨랫감을 하나하나 펼쳐 넌다. 그때 화룡이 부하들과 함께 돌아오는 길에 화연의 모습을 보게 된다.

화룡 (부하들에게 손짓하며) 수고들 했다. 너희들은 그만 물러가서 쉬도록 하여라.

화연 (빨랫감을 내려놓고 뛰어나가며) 어? 오라버니~! 왜 이제야 들어오시는 거에요.

화룡 그동안 도적놈들을 소탕하느라 정신이 없었구나 미안하다. (빨랫감을 가리키며) 아니, 그런데 이것들이 다 무엇이더냐, 왜 네가 이런 것을 하고 있는 것이야!

화연 (미소지으며) 최부 나리와 일행 분들의 빨랫감이에요. 이 곳에서 머무시는 동안은 제가 도와드려야죠.

화룡 (한숨을 내쉬며) 화연아, 그런 일은 아랫것에게 시키면 될 것을 내 말은 왜 굳이 네가 이리도 더운 날 직접 하냐 말이다.

화연 (고개를 떨어뜨리며) 아니 그게…. (다시 고개를 들어 미소 짓는다) 오라버니~ 아직 식사 전이시죠? 제가 빨리 상을 올릴게요. 더운데 이리 서 계시지 마시고 얼른 들어가셔서 잠시만 기다리세요.

화룡 화연이 너….

화연 (얼른 들어가라며 손짓한다) 오라버니 어서요. (하녀를 향해) 홍순아! 빨리 오라버니 상을 준비해라.

하녀홍순　　네, 아씨

화룡이 방으로 발걸음을 향하자 화연은 다시 빨랫감을 널기 시작한다. 잠시 후, 하녀가 식사준비를 마쳤다는 이야기를 하고 화연은 상을 들고 화룡의 방으로 향한다.

화연　(방을 두드리며) 오라버니 화연입니다.
화룡　그래 들어오너라.

잠시 후, 화연이 상을 차려온 것을 맛있게 먹은 화룡은 화연에게 말을 건낸다.

화룡　(무거운 감정으로) 내 아까 아랫것들이 있어 말을 다 못하고 그냥 들어왔건만 이 오라비가 네게 긴히 할 말이 있구나.
화연　네 오라버니, 말씀 하셔요.
화룡　이제부터 내 말 잘 듣어라…. 이 오라비가 좋은 혼사 자리를 알아봐 줄 테니 이제 너도 혼사 준비를 하는 것이 어떻겠느냐.
화연　(놀라며) 오라버니~ 그게 무슨 말씀이셔요? 저는 지금 이대로가 좋아요. 오라버니와 함께 지내는 것이 얼마나 좋은지 몰라요. 그리고 아직 한 번도 혼인을 생각해 본 적이 없어요.
화룡　아니다. 너도 이만하면 이제 혼기도 다 차고 좋은 자리가 생기는 대로.

화연 (얼굴을 붉히며 화룡의 말을 막는다) 오라버니~ 그런 말씀 마셔요. (머뭇거리며) 저는 아직 준비도 안 되었고... 저 저는...

화룡 (머뭇거리는 화연을 향해 눈을 쏘며) 최대인 때문이냐?

화연 (놀란 기색으로 고개를 저으며 눈을 피한다.) 아... 아니어요.

화룡 (의심 가득한 눈초리로) 정녕 최대인 때문이냐? 내 눈을 똑바로 보아라.

화연 (눈을 살짝 마주치며) ... 오라버니...

화룡 (긴 한숨을 쉬며 무릎을 친다) 맞구나. 내 오래전부터 이미 눈치 채고 있었다. 하지만 화연아

화연 (고개를 푹 숙이며)...

화룡 나도 최 대인이 싫지는 않다. 학식도 뛰어나고 사내다운 용모와 예의바른 품성도... 내가 모르는 건 아니다만, 하지만 화연아 그는 조선 사람이지 않더냐. 엄연히 태어난 나라가 다르고 언어와 관습 또한 다르다. 더구나 처자식이 있는 사람이고 이제 곧 조선으로 떠날 사람이 아니더냐.

화연 오라버니의 말씀이 다 맞아요. 그렇지만…. 머리론 잘 이해가 가는데 마음이 따라오질 않는 걸 어떡하면 좋아요….

화룡 그래. 너의 마음은 잘 알겠다마는 나는 너의 불행을 보고만 있을 순 없다. 결국 상처 받는 건 너 하나일 뿐이다. 널 위해서 그리고 최 대인을 위해서 이쯤에서

그만 두는 게 좋지 않겠니? 오라버니 말 듣고 시집 갈 준비나 해라!

화연　(눈물을 글썽거리며) 오라버니…!

화룡　(눈길을 피하며) 아무리 그래도 소용없다. 어찌 내 너의 마음을 모르겠느냐. 이생에서는 절대로 이루어질 수 없지 않나 싶구나. 이 오라비는 다시 나가봐야겠구나. 어서 눈물을 거두고 정신 차리거라….

화룡은 화연과의 대화를 마치고 방을 나온다. 마침 마당에 있던 최부 일행과 마주친다.

최부　아니, 화 참사 언제 들어오셨습니까? 요 며칠 뵐 수가 없어 걱정했던 참입니다.

화룡　아, 관아에 일이 좀 있었습니다. 지나치려던 참에 점심이나 먹으러 들렀습니다. 지금 막 다시 나가려던 참이었는데 이렇게 나리를 만납니다. 불편하진 않으신지요?

최부　(고개를 숙이며) 화 참사 덕분에 잘 지내고 있습니다.

화룡　별말씀을요. (고개를 숙이며) 그럼 전 이만 다시 나가보겠습니다.

최부　네, 그럼 다녀오십시오.

발걸음을 옮기던 화룡은 뒤를 돌아 최부 일행을 바라보며 막막한 표정으로 다시 발걸음을 옮긴다.

한편 방안에 화연은

화연 ‘오라버니가 다 알고 있었다니…. 헌데 정말 이를 어쩐단 말인가….’

바깥에 대화소리가 방안으로 들린다.

화연 (눈물을 거두며) ‘최부 나리가 오셨구나. 이러고 있을 때가 아니지.’

화연은 눈물을 거두고 방안을 나온다.

화연 이제들 오십니까.

최부 네 아씨, 홍로사에 다녀오는 길입니다.

화연 아, 그러셨군요. 식사하실 때 맞춰서 잘 들어오셨습니다. 어서들 들어가 계시지요. 제가 금방 상을 차리도록 하겠습니다.

화연은 부엌으로 향하고 최부 일행은 방으로 발걸음을 향하며 대화를 나눈다.

정보 (장난 끼 있는 말투로) 아이고, 나으리~ 저는 목이 타들어 가겠습니다요. 왜 이리도 날씨가 사나운지 나 원…. (옷깃을 펄럭이며) 나으리~ 제가 등목이라도 좀 해드릴까요?

최부 그러게 말일세. 날씨가 뭐 이리도 사나운지…. 그렇지만 어찌 화연 아씨도 있지 아니한가.

정보 (일행들과 눈을 마주치며 웃는다) 에이~ 나리~ 지금 화연 아씨도 없고 하니 빨리 물 길러서 하면 되지 어떻습니까요? 빨리 갑시다 나리.

최부 (일행들에게 등 떠밀리며) 아이 거참.

최부는 옷을 벗고 등목을 하려 준비하고 정보와 일행들은 물을 길러 최부의 등에 물을 끼얹는다. 이때 망을 보고 있던 일행이 화연이 오는 모습을 보고 일행들에게 눈빛을 보내자 일행들은 모두 웃으며 도망간다.

최부 (당황하며) 아! 정보 이보게! 허참, 이거…. 다들 어디 가는 겐가!

화연 (최부의 상반신을 보며 놀란다) 어머!

화연을 본 최부는 허겁지겁 일어난다.

최부 (머리를 긁적이며) 아니 어찌…. 그럼 실례 좀 하겠습니다.

최부는 방을 향해 뛰어가고 화연과 화연의 시녀는 최부에 대해 이야기를 한다.

하녀 (화연을 향해 눈을 똥그랗게 뜨고) 아씨 보셨습니까요? 아우~ 최 대인께서 몸이 저리 좋으실 줄 누가 알았겠어요? (손을 모으며 발을 구른다) 아우 정말 저는 놀랬다니까요.

화연 …….

하녀 (화연의 눈앞에 손을 흔들며) 아씨 뭐하세요? (화연을 건드리며) 아씨~ 최 대인 식사 준비 안 하실 거에요?

화연 (정신을 차린 듯) 아! 순홍이 너 혼자 가서 물 좀 길러 오거라. 나는 방에 좀 다녀와야겠구나. (방으로 향한다.)

하녀 (고개를 갸우뚱거리며) 예, 아씨.

한편 최부 일행은 방안에서 최부를 놀린 것에 대해 이야기하며 소란스럽다.

최부 이보게들 갑자기 그리 사라지면 내 어떻게 되겠는가!

정보 (웃으며) 하하하 나리, 그럼 화연 아씨께서 오시는 걸 어떻게 하겠습니까, 아까 아씨께서 나리의 몸을 보고 어찌나 얼굴이 붉어지시던지 꼭 살구꽃 같으셨습니다요.

최부 (얼굴을 붉히며) 아니 정보! (옷을 마저 입는다.)

안의 하하 그만들 하게. 나리, 그럼 정확히 언제쯤 떠나게 되는 겁니까? 미리 떠날 채비를 해야 하는 게 아닐까요?

일행1 (옳다고 맞장구치며) 그러게요 나리. 배도 구해야 하고 끼니 때울 것들을 챙겨야 하지 않겠어요?

최부 (깊은 생각에 잠겨) 그런 걱정은 하지 말아라. 이상대감께서 다 알아서 구해 주신다고 하였다. 그렇게 되면 아마 열흘 안에 가지 않을까 싶구나….

흘러나오는 대화 소리에 화연은 놀라 쟁반을 떨어뜨린다. 쨍그랑~ 사발이 엎어지고 물이 엎질러진다.
모두들 놀라 문 쪽을 향하여 고개를 돌린다.

최부　아니 이게 무슨 소리지?

최부가 급히 문을 열고 나오자 화연이 놀랐는지 잠시 동안 멈춰 있는다.

최부　(놀란 눈으로 화연을 바라보며) 아씨, 괜찮으십니까?
화연　(이제서야 정신이 들었는지 급히 음식을 주으며) 네…. 괜찮습니다. 바닥이 미끄러워서 그만….
일행2　(사발들을 주으며) 에구 아씨~ 이런 것은 저희한테 시키지 왜 들고 오셨어요.
화연　(애써 눈물을 감추려 바닥만 응시한 채) 아…. 정말 죄송합니다. 제가 다시 차려오겠습니다….
최부　아닙니다. 아씨, 어디 다치시진 않으셨는지요. (화연의 손가락에 피를 보며) 아니 아씨 피가 나지 않습니까? 이보게 안의~ 아씨께서 손을 베이셨네. 이리 좀 와보게나!
화연　(손을 감싸며) 아닙니다…. 나으리, 괜찮습니다.

화연은 주체할 수 없는 감정에 고개를 들지 못한다. 혹여나 최부에게 들킬까 눈물을 훔치며 자신의 방으로 들어간다. 들어가자 마자 이불을 뒤집어쓰고 감정을 주체하지 못하며 흐느낀다. 광산에서 위협을 당할 때 구출해 준 최부의 얼굴이 떠오른다. 함께 음식을 맛있게 먹고, 밤을 지새웠던 기억들과 오라버니의 말이 동시에 떠오른다.

화연　'어떤 것이 나리를 위한 것이란 말인가!'

화연은 최부가 명에 남아 자신과 행복하게 사는 모습을 상상한다. 그러나 이내 조선에서 어머니와 처자식을 만나 기뻐할 최부의 모습이 떠오른다.

깊은 밤, 일행들은 잠들었지만 최부는 여전히 눈을 감지 못한다. 계속 뒤척이는 최부…. 그때 인기척을 듣고 안의도 눈을 뜬다.

안의　(눈을 비비며) 아니 나리, 통 잠을 못 이루십니다.
최부　(근심어린 목소리로) 아직 안 잤느냐? 오늘밤은 통 잠이 안 오는구나.
안의　혹시 화연 아씨 때문입니까?
최부　(씁씁한 목소리로) ……. 그래. 그렇다고 해야겠지.
안의　하긴 그 동안 두 분, 정이 많이 드셨겠지요.
최부　내가 어찌해야 좋을지 모르겠구나. 외딴 곳에 왔으면 그냥 말없이 되돌아가면 될 것을, 괜히 정을 두어 아쉬움만 남기고 돌아가게 되었으니….
안의　(진심으로 걱정하며) 나리…….

이튿날 아침, 여느 때와 다르게 화연이 아침 식사를 준비하여 오지 않고 하녀가 최부 일행의 상을 준비 하였다. 식사하는 동안 최부는 어제의 일이 걸려 제대로 밥을 먹지 못하고, 화연에게로 향한다.

화연의 방으로 가던 도중 화연이 정원 한 편에서 꽃을 바라보고 있는 모습을 본다.

최부 (화연의 곁으로 다가간다) 아씨 무얼 그리 보고 계십니까?

화연 (최부가 옆에 다가온 것을 알고 놀라며) 나리, 식사는 하셨습니까?

최부 (웃으며) 예, 맛있게 먹었습니다. 무얼 그리 보시는 지요, 어제 다친 손은 괜찮으십니까?

화연 (고개를 숙이며) 네…. 괜찮습니다. 나리. 날이 좋아 꽃이 활짝 핀 것을 보고 있었습니다.

최부 (꽃을 바라보며) 향이 참 좋습니다. (뒷동산을 가리키며) 아씨, 저 뒷동산에 꽃이 참 많이 피었습니다. 날도 좋고 한데 혹 함께 산책을 하심이 어떠하신지요.

최부와 화연은 뒷동산을 향하여 걷는다.

최부 이 곳은 복숭아꽃이 참 많이 피었습니다.

화연 네, 이 곳 뿐만이 아니라 우리나라 어느 곳에서든 복숭아꽃을 흔히 볼 수 있답니다. 워낙 아름답고 약재로도 쓰이기 때문에 여러 가지로 이로움이 많지요.

최부 그렇군요. 우리 조선에서도 피긴 하지만, 이곳에서의 아름다움은 따라가질 못할 것 같소. 허허허.

선선한 바람이 불어와 복숭아 꽃잎이 휘날린다. 둘은 계속 걷다 한적한 나무 아래 나란히 멈춰 선다.

최부 요 며칠 바람 한 점 안 불더니 오늘은 제법 더위가 풀린 듯해서 좋습니다.

화연 …….

화연은 말없이 복숭아꽃을 바라본다.

최부 아씨, 무슨 생각을 그리 하십니까?

화연 ……. 나리, 복숭아꽃의 꽃말을 아시나요?

최부 (멋쩍은 듯이) 꽃말이라…. 글쎄요. 잘 모르겠습니다만….

둘은 말없이 복숭아꽃을 바라본다. 한참 지나 화연이 말을 건넨다.

화연 (고개를 숙이며) 사랑의 노예입니다.

최부는 시선을 어디다 둬야 할지 모르며 가슴이 아려옴을 느낀다. 바람과 함께 복숭아꽃이 휘날린다.

화연 (눈물을 한 방울 흘리며) 나리, 저는 저 꽃과 같습니다. 부디 저를 잊지 말아 주셔요.

최부 (당황한 기색으로 화연을 바라보며) 알고 있으셨소?
화연 (말없이 고개를 살짝 끄덕인다.)
최부 (눈시울이 붉어지며 화연의 어깨의 손을 올린다.) 미안하오…. 정말 미안하오….

최부는 화연을 끌어 안는다. 복숭화꽃이 말없이 휘날리고 화연은 최부의 어깨에서 말없이 눈물을 흘린다. 화연과 최부의 첫 만남부터 지금까지의 모습들이 오버랩 된다.

최부 일행은 다시 길을 떠나고 이들은 조선에서의 신분이 밝혀지면서 귀향길 곳곳에서 귀빈 대접을 받는다. 최부 일행은 육로를 통해 귀향하며, 경유지인 항주에 들러서 관인들의 대접을 받고 있다. 최부 일행을 호송하는 두 명의 관인이 최부 일행에게 여러 가지 찬거리를 대접한다. 최부는 관인과 이야기를 하고 있고, 다른 일행들은 먹고 마시며 마음껏 즐기고 있다.

최부 우리를 이렇게 잘 데려다 주어 참으로 감사하오.
관인 당연한 일을 했을 뿐인데 송구스럽습니다. 날씨는 점점 더워지고 갈 길은 험한데, 건강에 더욱 유의하시기 바랍니다.

이 때 심하게 취한 이정은 그 동안의 고생을 사람들에게 털어놓기 시작한다.

이정 우리가 배를 출발시키던 그 날도 바다가 심상치는 않앗제. 파도가 어찌나 세던지, 금방이라도 배가 엎어질 것 같았당께. 우리 나리께서 모두의 만류를 뿌리치고는 굳이 배를 출발시키더니, 흑흑

정보 아이구 이놈아, 여기는 강이여 강! 왜 울고 난리여. 이제 고생도 끝났고 이제 무사히 돌아가는 일만 남았는디.

권산 맞아. 우리 배가 표류되고 별에 별 놈들에게 노략질을 당하며 고생한 게 엊그제고만 지금은 이런 대접을 받고 있지 않나. 그러니 눈물을 거두라고.

일행의 분위기는 화기애애하다. 그리고 다음날 아침 최부 일행은 다시 귀향길에 오른다. 구유포를 경유하고 채정교에 이르러,

최부 전설에 의하면 이 지방은 옛 한나라의 우북평의 땅이라 하는데 그렇다면 이광의 고사가 있는 곳은 어디에 있소?

술조 여기서 동북쪽으로 삼십 리 떨어진 곳의 북평성 옛터가 바로 그 곳이오.

최부 (놀라며) 그렇소? 말로만 들었는데. 혹 그 곳을 자세히 안내해 줄 사람이 있겠소?

술조 중인 계면이 조선어에 능통하오. 당신들이 그 곳을 찾아가는데 불편이 없도록 조치해 놓겠소. 또한 계면에게도 잘 이르겠소.

최부 그렇게 해준다니 정말 고맙소.

다음날, 계면과 최부가 상주하고 있다. 술조의 말대로 계면은 우리

말에 아주 능통하였고, 성격이 최부와 잘 맞아 금세 친분이 생겼다. 북평성 옛터를 돌아보고 나와 다과를 먹으며 담소를 나누고 있다.

계면 중의 혈통은 원래 조선 사람입니다. 제 조부가 여기에 망명한지도 벌써 삼대가 되어가는군요.

최부 (놀라운 표정으로) 그렇소? 어쩐지 우리말을 훌륭하게 한다 했소. 원래 우리 조선 사람이였군요.

계면 예. 이 지방은 본국 국경과 근접해 있으므로 본국에 와서 주거하는 사람이 아주 많습니다. 그런데 같은 대국 사람이라도 이곳 사람들은 다른 지방 사람들과 다르게 매우 특이하지요.

최부 (호기심이 발동하며) 오호. 그렇소? 그들의 어떤 면이 특이하단 말이오?

계면 북부지방 사람들은 성격이 아주 포악하다 들었소만 이 곳 사람들은 겁이 많고 용기도 없는 사람들이라 적을 만날 것 같으면 싸우던 창을 던져 버리고 도망가서 숨기가 일쑤지요. 활을 잘 쏘는 사람도 전혀 없소이다. 이 곳 사람들의 유순한 성격 덕분에 나 같은 사람은 여기 살기가 아주 수월하답니다. 이방인이라고 적대하는 사람도 거의 없고요.

최부 아 그렇군요. 그런데, 당신과 같이 속세의 번거로움을 떠나 사욕을 없애고 제도중생 귀의하는 사람들이 깊은 산중에 있으셔야 마땅할진데 어찌 어염 등지에 출입하고 있습니까?

계면 중은 산중에 들어간 지 오래 됩니다. 그런데 이제 황제께서 천하에 조서를 내리어 절과 암자는 모두 철거하라는 엄명이 있으셨습니다.

최부　(혀끗을 차며) 허허 이런. 그게 정말이오? 어찌하여 절과 암자를 모두 철거하란 말이오?

계면　나도 잘 모르겠소. 그뿐인 줄 아십니까? 하급 관리로 하여금 중들을 호출하게 하여 오늘부터 당장 절을 파괴하고 장발을 운운하고 있소.

최부　고생이 많겠소. 그럼 우리 조선으로 돌아가면 되지 않겠소?

계면　저라고 왜 조선으로 돌아가고 싶지 않겠습니까, 허나 조선이라고 하여 사정이 나을 것 같지는 않습니다. 조선이야 원래 대국을 섬기니 대황 황제께서 절을 억압하시면 아마 조선도 곧 그렇게 하겠지요. 흠…. 나도 돌아가고 싶은 마음은 굴뚝 같지만 선불리 결정하기가 곤란하군요. 아직은 여기에 있는 것이 나을 듯 하오.

최부　정 그렇다면 어쩔 수 없구려. 우리는 갈 길이 멀어 내일 다시 떠나야 하오. 여러가지로 참 고맙고 즐거웠소.

계면　(목례를 하며) 만나자마자 이별이라니 아쉽습니다. 길이 험하니 살펴가시오.

날이 밝자 최부 일행은 다시 길을 나서고 정오가 지나서 분수령에 도착한다. 동네사람이 최부 일행과 이야기를 하고 있다.

최부　이곳은 날씨가 참으로 신선하오. 그렇지 않소?

동네사람　그렇습니다. 이곳은 언제나 날씨가 좋소.

최부　풍광이 매우 아릅답소. 이 곳 자랑 좀 해주시오.

동네사람　이 고개로부터 이북은 지형이 내려오기 때문에 여러 산골 물은 모두 태자하에서 합류되어 서쪽에 있는 연하로 들어가고 고개로부터 이남으로 흐르는 물은 모두 팔도하에서 합류되기 때문에 고개 이름을 분수령이라 하오. 그 다음 통원보에 이르면 이는 신구의 성이 있소.

최부　그렇군요. 그대가 아니었으면 그러한 것도 모르고 이 곳을 지나칠 뻔했소. 참으로 고맙소.

그날 밤 최부 일행은 중국의 관원과 함께 산을 넘어갔다.

이후 최부 일행은 산해관, 영원, 광녕, 반산, 안산, 요양, 연산관, 통원보, 풍성, 탕산성, 구연성, 압록강을 지나 한양 청파역에 도착하였다. 이로써 최부 일행은 중국에 체류된지 136일 만에 전원 무사히 환국하게 되었다.

디졸브(dissolve)-각 지역을 경유하는 다섯 개 정도의 장면이 나온 후, 각자 자신들의 집으로 돌아간 일행이 가족의 열렬한 환대를 받고 있는 장면이 나온다. 맨 마지막 장면에 최부가 무릎을 꿇고 편찬을 명한 성종에게 〈표해록〉을 바치고 있다. 최부의 양 옆에 대신들이 서 있다. 그리고 자막이 올라간다.

〈자막〉
이들의 표류기는 성종대왕 앞에 놓여졌다.
그들이 겪었던 무수한 사건과 견문들은
〈표해록〉을 통하여 전하고 있다.

그러나 최부는 1504년 연산군 갑자사화 때,
당대의 유학거문인 점필재 김종직의 문하생이라는 이유와 당대 집권자들에 대한 강개한 비판으로 51세 나이로 참수형을 당하였다.

그는 비록 형장의 이슬로 사라졌지만,
그가 남긴 〈표해록〉은 많은 사람들에게 그의 견문을 전하고 있다.
〈표해록〉이 있는 한, 최부의 이름 또한 영원할 것이다.

2부

張漢喆 『漂海錄』의 드라마화의 사례 연구

조선 고전 문학의
변천과 의미

張漢喆 『漂海錄』의 드라마화의 사례 연구

Ⅰ. 서론

장한철(1744-?)의 『漂海錄』은 1771년 제주를 떠나 풍랑을 맞아 일본 유구 열도, 전남 청산도에 표착한 12일간의 극적인 상황을 담고 있다. 즉, '출발-표류-표착-승선-추방-표류-표착'으로 전개되다가 다시 '과거응사-좌절-연정-한양출발-과거낙방-귀향'의 내용으로 구성된 생생한 실기문이다. 그가 겪은 독특하고 시린 체험은, 당대 사람들에게 많이 읽힌 하나의 유명한 기행문학이었다. 죽음을 넘나드는 극한 상항에서 사람들의 다양한 입장과 극적인 내용, 생생한 장면묘사, 화자의 재치 등은 콘텐츠로서의 충분한 매력을 갖고 있다. 이런 점을 고려하여 본고는『漂海錄』의 드라마화 가능성을 탐색하는 것을 목표로 한다. 이런 장한철의 『漂海錄』에 대한 관심은 꾸준히 이어졌는데, 먼저 기행문학으로서의 역동성과 사실성이 뛰어난 문학적 가치에 주목하였다.[1] 또 최부의 『漂海錄』과 비교하여 분량이나 정보의 양에서는 떨어지지만 긴박감, 낭만적인 연애담과 같은 서사의 질적 측면에서는 오히려 우위에 있다고 본 견해[2] 도 있다. 그리고 『漂海錄』을 개인의식이 잘 표출된 서사적 수필로 규명하고 사실성이 돋보인 점을 부각한 연구[3]도 있었다. 『漂海錄』에 이본이 많은 것은 그 만큼 인기 있는 작품이란 점을 설명한 논의[4]와 李鍾麟 『만강홍』과 장한철의 『漂海錄』를 비교 분석하며 그 유사성과 차이점을 규명한 연구[5]도 있었다. 바흐친의 다성성 담론을 중심으로 『漂海錄』의 문학적 가치를 부여한 연구[6]가 이어졌다.

한편 『漂海錄』를 보급하고 대중화하는 노력으로는 정병욱의 발굴[7] 이래 지속적으로 전개되었다. 『옛 제주인의 표해록』 중 한 편으로 『漂海錄』을 상세하게 소개[8]하여 이해를 도왔고, 또 그 동안

---

1. 오관석, 「한문기행 연구-장한철의 표해록을 중심으로」, 단국대 대학원 석사논문, 1984, 67-68면.
2. 장시광, 「표해록의 문학사적 위상」, 표해록, 지식을 만드는 지식클래식 2009, 196-197면.
3. 서인석, 「장한철의 표해록과 수필의 서사적 성격」, 『국어교육』, 한국국어교육연구원, 1989, 159면.
4. 윤치부, 「한국해양문학연구-표해록 작품을 중심으로」, 건국대 박사학위논문, 1992, 131면.
5. 윤일수, 「『만강홍』에 나타난 장한철의 표류담의 계승과 변이Ⅱ」, 『어문학』, 제58집, 한국어문학회, 1996, 436면.
6. 진선희, 「장한철 『漂海錄』의 多聲性 연구」, 제주대 대학원 석사논문, 2011, 3면.
7. 정병욱, 「표해록」, 『인문과학』제6집, 연세대 인문과학연구소, 1961.(이 논문에서 표해록의 원문과 해제를 붙여 소개했다. 이후 『표해록』를 번역하여 범우사에서 1979-2006년까지 2판 2쇄를 찍어 널리 소개했다.
8. 김봉옥 김지홍 옮김, 『옛 제주인의 표해록』, 전국문화원연합회 제주도지회, 2001.

국립중앙도서관 소장본을 번역한 것에서 벗어나 국립제주박물관 필사본을 원전으로『그리운 청산도』란 이름으로 출간했는데 장한철이 오래 머물렀던 청산도에 무게를 두어 제명을 붙였다.[9] 이후『漂海錄』의 내용을 가감하여 어린이들에게 감동을 주고 읽기 쉽게 만든『제주 선비 구사일생 표류기』도 출간되어 교육적인 보급도 있었다.[10] 제주출신 재일동포인 송창빈은『漂海錄』을 일본어로 번역하여 출간했으며[11] 출판서로서 적절한 사진과 그림으로 내용의 이해를 쉽게 만든 번역서[12]도 보급되어『漂海錄』에 대한 관심과 사랑은 더욱 확대되었다. 그간 활자위주의『漂海錄』에 대한 보급을 진행했다면 지금은 이 시대의 지배적 흐름인 전자상의 전달 즉, 문화콘텐츠로 변모할 필요도 있다. 물론 일정부분의 학술적인 연구가 지속되고 도서를 통한 보급도 필요하지만 지배적 양상인 전자파 위에 고전의 기품과 아름다움을 재생하는 것이 좀 더 시대상에 부합하다. 고전에 머물지 않고 오늘날의 어감과 느낌으로 덧씌워 그것을 부활시켜 그 기쁨과 감동을 함께 해야 할 것이다. 이런 노력의 일환으로 본고는 드라마로서의 가능성과 적용이라는 관점에서『漂海錄』를 탐구하고자 한다.

일반적으로 고전을 현대화 할 때 원전에 충실한 각색과 다원적 각색 및 변형적 각색으로 나누어 볼 수 있는데 그 첫 출발은 원전에 충실할 필요가 있다. 다만 시대의 어감과 감성의 지향성은

9. 이종헌역,『그리운 청산도』, 학술정보, 2006.
10. 한창훈 글, 한주연 그림,『제주 선비 구사일생 표류기』, 한겨레 아이들, 2008, 2면.
11. 송창빈역,『漂海錄』, 新幹社, 1990.
12. 김지홍 옮김,「표해록의 문학사적 위상」,『표해록』, 지식을 만드는 지식클래식, 2009.

충분히 담아낼 필요가 있다. 즉 고전의 내용을 이 시대의 대중적 언어로 표출하며 무인도에서의 체험이나 생사를 가늠할 수 없는 표류에서 사람들의 입장이나 담론을 어떤 분위기에서 그려낼 것인가를 고민할 필요가 있다. 차후 이런 시도를 전제로 다각적인 각색이 필요할 것이다. 이런 맥락에서 이 논고는 원전에 충실한 각색을 전제로 전개하였다. 다만 이런 논의가 드라마를 곧장 만들겠다는 하나의 기획이 아니며 우리 고전의 드라마화의 가능성을 전제한 시론인 것을 거듭 밝히는 바이다.

Ⅱ. 『표해록』의 내용과 드라마화의 가능성

1. 기행구조와 내용

1) 구조

(1) 기간: 1770년 12월 25일 - 1971년 5월 8일(음력)

(2) 바다표류: 1770년 12월 25일 - 1971년 1월 5일 (12일)

(3) 주요노정: 濟州포구-호산도-안남상선-바다-청산도-한양-제주

(4) 문체: 일기체

2) 내용

(1) 시기: 1770년 12월 25일

(2) 출발지: 濟州浦口

(3) 목적지: 漢陽

(4) 일행: 장한철 포함 29명
(5) 목적: 한양의 회시에 응시
(6) 기록 : 4개월 여 일간 각고 끝에 집에 돌아온 후 작성

3) 일자별 주요 사건

(1) 1770년 25일-27일 표류
(2) 28일-30일 호산도에서 생활
(3) 1771년 1월 1일 왜인들이 와서 재화를 찾았으나 없자 옷을 벗겨 나무에 매단 채 떠남.
(4) 1월 2일-1월 4일 안남상선에 등선할 수 있었고, 직전에 머물던 섬이 유구 지방의 虎山島임 을 알게 됨.
(5) 1월 5일 한라산을 보고 울부짖는 모습으로 제주인으로 판정되자 돌연 29명을 작은 배에 실어 배에 내려 보냄. 옛날 제주 목사가 안남국 세자를 죽였기 때문에 보복을 우려하여 바다로 방출함.
(6) 1월 6일-7일 노어도 서북쪽에서 닿지만 정박에 실패하고 해시에 바다에 뛰어내려 등륙할 수 있었던 인원은 29명 중 10명이었다. 그 중 2명은 낭떠러지에 추락해 죽었다. 그곳이 청산도였다.
(7) 1월 8일-1월 10일 청산도의 특성을 파악하고 21명의 죽은 혼령을 제사 지냈다. 자신이 정신을 잃었을 때 먹을 것을 갖다 준 여인이 조씨의 딸임을 알게 되었다. 세금을 걷는 하급관리에 의해 청산도 주민이 고통받는 것을 알게 되었다.
(8) 1월 11일 -1월 12일 조씨의 딸과 하룻밤을 보냈다.

(9) 1월 13일 청산도을 떠나 지도의 당촌에서 잤다.
1월 14일 지도에서 고금도로, 다시 마두진에 도착했다.
1월 15일 마두진에서 강진 남당포로 갔다. 그곳에서 제주사람 김창현을 만났다.
1월 16일 김서일 등 일행과 이별했다.
1월 19일 한양로 출발했다.
2월 3일 한양에 도착했다. 과거에 낙방했다.

(10) 3월 4일 한양을 떠나 제주로 향했다.
5월 8일 고향에 도착했다.
5월 하순에 '녹담거사'가 쓴 것으로 보아 귀향 후 20일간 쉰 뒤에 그간의 전말을 기록하기 시작한 것으로 추정된다.

2. 드라마 적용의 방법

본고는 그간의 연구 성과에 힘입어 내용을 쉽게 파악하고 학문적 가치를 이해할 수 있었다. 그리고 이를 오늘날 드라마로서 성공시키려면 최소한 몇 가지 요소를 갖추어야 한다고 판단한다. 그래서 『漂海錄』을 드라마화에 앞서 그 적용의 몇 가지 기준을 만들어 보았다. 첫째, 오늘날의 드라마는 가능한 여성에게 선택받을 수 있도록 만들어야 한다. 왜냐하면 실제적으로 드라마의 시청률이나 반응을 볼 때 여성에게서 사랑받지 못하면 드라마 제작 및 방영 등 현실적으로 많은 어려움을 겪을 수 있다. 물론 각 연령대나 특정 계층을 대상으로 제작할 수도 있지만 역시 절대 다수의 시청자는 여성이 압도적이란 점을 고려할 필요가 있다. 둘째, 작품의 내용상 순수성을 확보해야 한다. 사람은 누구나 순수한 사랑에 대한 그리움, 혼탁한 시대상에서 순수성에 대한 희구 등이 잠재되어 있다. 바로 이런 점을 대신해 줄 수 있는 카타르시스가 필요한 것이다. 셋째, 등장인물이 갖는 신비로운 출생의 비밀을 장치함으로써 내용을 탐색해 가는 즐거움을 갖게 한다. 한국인의 정서상 약자에 대한 옹호, 시련에 대한 보상, 역경을 극복하는 저력에 대한 예찬 등이 등장인물의 출생의 비밀을 통해 전개된 경우가 많았기 때문이기도 하다. 넷째, 현재 방영되고 있는 흐름과 다른 유형의 드라마로 변신을 거듭할 필요가 있다. 드라마는 철저한 기호성에 의해 선택받는 시류적 매체이므로 일반적이거나 신선한 충격이 부재할 경우 곧장 외면받기 때문이다. 즉 시대의 지배적 흐름을 쫓을 경우 아류작 또는 혁신성의 빈곤을 가져올 수 있기 때문이다. 다섯째, 최소한의 작품성을 확보해야 한다. 드라마가 비록 아무리 시청률과 상업성에 의존한다고 하더라도 하나의 창작물이며 예술성을 고려한다면 최소한의 작품성을 갖출 때 오랜 생명력을 가질 수 있다. 여섯째, 어떤 드라마가 오래 기억될 것인가? 아니면 그 반대일 것인가를 고려해야 한다. 대체로 주인공이 비극적으로 결말을 맺을 경우 일반적으로 사람들은 오래토록 그것을 기억한다. 그러나 반대일 경우 즐거움과 함께 기억도 짧아질 것이다. 최소한 이런 복합적 기준을 고려하여 단계별로 긴박감과 극적 연결성을 유지해야 할 것이다.

3. 드라마로서의 가능성

장한철의『漂海錄』은 다음 네 가지의 두드러진 특징으로 인하여 드라마화의 가능성이 높다. 첫째, '출발–표류–무인도 표착–안남선 승선–방출–청산도 표착–한양–귀향'이라는 다채롭고 독특한 경로를 보여주고 있다. 이것은 드라마의 배경이 되며 동시에 시청자에게 볼거리 제공으로도 훌륭하기 때문이다. 둘째, 표류 및 여정에서 보여주는 사람들의 입장의 차이는 역시 드라마의 내용 전개상 손색이 없다. 즉 표류 속에서 죽음을 절감한 사람들 간의 입장의 차이는 주동인물과 반동인물로 양분되고 이들이 대립과 협력으로 극을 자연스럽게 전개할 수 있다는 점이다. 셋째, 청산도에서 조씨녀와의 사랑은 표류에서 겪는 자연과 인간의 대결 양상에서 인간 중심의 멜로드라마의 성격을 띠게 한다. 단순히 표류에서 자연과의 투쟁에서 생존했다는 단일성의 이야기가 아니라 섬의 풍광과 인습 및 사랑을 담아냈다는 점에서 드라마로서의 가능성을 갖고 있다. 넷째, 내용 전개과정에서 곳곳에 반전이 산재해 있다는 측면에서도 매력을 더해주고 있다. 이를테면 초기 행복한 무인도 생활과 대비되는 왜인의 침탈, 안남선에서 귀향할 것이라는 희망 속에서 갑작스러운 방출, 청산도 착륙에서 다수의 생존 희망이 반전되어 소수에게만 부여된 비극성 등은 드라마로서의 가능성을 충분히 갖추고 있다.

4. 내용상의 특징

1) 회고

장한철의 『漂海錄』은 다음과 같은 독특한 내용을 담고 있다. 먼저 그가 한양에서 돌아와 생존자를 찾았을 때 귀향한 8명 중

2명은 병이 들었고, 한 명은 멀리 제주도 남쪽에 살고 있다고 한다. 4명은 죽어 장사지냈다고 한다. 장례를 지내는 집에서 한 조문객이 장한철과 그간의 일을 문답하며 인생을 이야기한다. 먼저 조문객이 다음과 물었다.

선생과 함께 표류하여 생존한 사람은 이제 2-3명밖에 없습니다. 큰 파도에 시달리고 목숨과 정신을 졸이고 손상해 질병으로 드리워서 하늘이 준 목숨을 다 살지 못했습니다. 그러나 선생은 병도 나지 않고 수염과 머리털도 옛날처럼 화기로운 빛이며, 근심도 없습니다. 선생은 갈피를 잡을 수 없이 혼미함이, 목석처럼 완악한 사람입니까? 아니면 골병이 들어도 겉으로 달관한 듯이 보이는 것입니까?[13)]

이에 대답으로 그간의 4개월 여 일간에 소회를 다음과 같이 서술하고 있다.

"나에게 모름지기 이를 잊지 않고 바다에 있던 때처럼 한다면, 하늘과 땅 사이에 어떤 물건이든 나가 즐기지 못할 것이 없고, 어떤 일이든 내가 즐기지 못할 일이 없을 것입니다. ---중략--- (이 모든 것은) 내가 바다에 표류하면서 지극히 고생하고 위험했던 경험 때문일 것입니다. 그렇지 않다면 지극한 즐거움이 현재 삶으로부터 말미암아 나온다는 깨우침 때문입니다. 세상에서 득실을 놓고 급급하게 만들고, 화복을 놓고 근심하여 두렵게 만들더라도, 내 이야기를 잘 들으면서 마음에 두고 이를 잘 기르면, 그 삶을 길러내는 것이 잘 이루어질 것입니다." 객이 일어나 절하며

13. 장한철저, 김지홍 옮김, 「표해록」, 지식을 만드는 지식클래식, 2009, 178-179면 요약, 5월 8일.

감사하여 말했다. "내가 듣건대, 물건은 변화를 입어야 재목이 된다고 했습니다. 사람은 어려움을 거쳐야 지혜가 밝아진다고 했습니다. 이는 선생을 두고 한 말이 아니겠습니까?"[14]

4개월 여 일간의 극단적인 고생은 인생관을 바꾸어 놓았다. 그리하여 그때를 생각한다면 어떤 일이든지 즐기지 못할 것이 없다고 했다. 그만큼 장한철에게는 결코 잊을 수 없는 사건이었다. 젊은 나이임에도 달관적인 인생관을 보여주고 있다. 따라서 드라마 전개상 문상하는 자리에서 객과의 진지하고도 고적한 대화를 도입 배경으로 열고 곧이어 오버랩으로 사건 첫 장면으로 진행하는 것이 효과적일 것으로 본다. 주지하는 것처럼 회고를 통해 사실감을 줄 수 있고 또한 교훈적인 요소를 갖게 할 수 있다. 그리고 내용 전개상 역행적 구성으로 전개하며 이런 특징을 잘 반영할 수 있을 것이다.

2) 표류체험

제주 향시에서 수석한 장한철이 마을 어른들과 관가의 도움으로 한양 회시를 보러 떠났다. 저녁 무렵 노어도에 도착하지만 파도가 높고 거센 바람으로 배를 정박하지 못해 조난을 당한다. 그런 가운데에 표류로 인해 무인도에 도착하고 극적으로 안남선에 승선했으나 다시 방출되어 표류하다가 청산도에 표착하는 내용을 담고 있다. 그리고 그 중심에는 독특한 표류체험이 있다. 다

---

14. 위의 책, 180-181면, 5월 8일.

음을 살펴본다.

다음날 아침이 되었지만 사방은 흐리고, 물결은 더욱 거칠고, 바람은 사나왔다. 일명 관탈섬(火脫)[15]이 여기 저기에 있어 장한철이 손을 가리키며 사공에게 묻자 대답이 없다. 노잡이 고득성이 몰래 장한철에게 일러 주었다. 배 안에서는 손을 들어 멀리 가리키지 말아야 하며 앞길의 멀고 가까움도 묻지 않는 것이 관례라 했다. 조금 뒤 취사부가 밥을 지어 북을 두드리며 바다 귀신에게 제사를 드렸다. 그런 후에 배를 탄 사람들에게 식사를 나누어 주었다. 장한철이 사공에게 추자도에 배를 정박했다가 쉬면서 바람을 보아 가는 것이 어떠냐고 묻자, 사공이 곧은 길을 놔두고 추자도를 향하는 것은 시간 낭비라며 반대했다. 얼마 뒤 동쪽 바다에서 고래가 배 옆을 지나게 되었는데 큰 물결을 일으키고 거품을 뿜어 사람들의 얼굴빛이 노랗게 되고 소리를 높여 '관세음보살'을 외치고 있었다.[16]

여기서 관습을 담은 모습을 연출할 수 있다. 밥을 지어 먼저 바다에 제사지내고 나누어 먹는 풍습이나 섬을 가리켜 손짓을 하지 말아야 한다거나 도착의 원근을 묻지 않는 규율 등은 바다의 관습을 담는 내용으로 활용할 수 있다. 또 고래의 출현은 사람들에게 볼거리를 제공하고 공포의 분위기를 조성할 수 있다는 점에서 영상 및 스토리 측면에서 좋은 자료가 된다. 즉 표류에 따른 독특한 모습을 보여 주고 있다.

3) 무인도 생활과 왜구의 침탈

15. 관탈섬은 화탈섬(火脫島)으로 화급히 벗어나야 할 섬을 가리킨다.
16. 위의 책, 20-33면 요약, 12월 25일.

안개로 지척을 분간하지 못했지만 북풍이 불어 안개가 걷히자 작은 섬 북쪽에 배가 떠 있었다. 사경에서 벗어나 섬에 도착하는 순간 사람들의 환희는 어떻게 표현할 수가 없었다. 특히 이런 장면(scene)은 그래픽이나 여타의 방송효과를 활용하여 환상적이며 신비한 모습을 연출할 필요가 있다. 안개 속에서 만난 무인도의 표착이란 많은 사람들에게 호기심을 자극할 수 있기 때문이다. 그날 사람들은 너무들 좋아 환호와 함께 사방으로 흩어졌다가 드디어 둥그렇게 모여 앉았다. 해가 하늘에 높이 솟아올랐다.

사공 이창성이 말하기를 물이 없으면 생존이 어렵다고 하자, 상인 김재완이 샘을 찾아 나섰다. 그때 장한철이 그럴 필요가 없다고 하며 해안 숲가에 사슴을 가리켰다. "사슴은 필히 물을 마셔야 합니다." 또 "들판이 30리가 넘지 않으면 발굽과 뿔을 가진 짐승은 살 수 없다고 했으니 섬은 크지 않지만 샘과 시내가 있을 것이다."라고 했다. 만약 사람이 산다면 고기 잡는 자취가 있어야 하며 숲과 바다 사이에 길이 있어야 하는데 그것이 없으니 필시 무인도일 것이고 했다. 모두들 감복하였고, 김서일이 매번 장한철의 말을 듣고 자신도 모르게 가슴이 열리고 걱정이 풀린다고 했다. 김재완이 높은 언덕에 올라가니 과연 남북의 길고 넓이가 4-5리 정도이며 한 줄기 맑은 샘물이 있어 달고 시원하였다. 물을 길어 죽어 쑤어 먹고 해안가에 실컷 잤다. 식량을 점검하니 쌀 한 말과 좁쌀 대여섯 말이어서 죽을 쒀 먹어도 6-7일이 지나면 없어질 것이다. 저녁 무렵 초막을 짓고 배를 끌어다 모퉁이에 깊숙이 묶어 두었다.

다음날 섬을 살펴보니 두충과 소나무 및 잣나무 등으로 우거졌고 전복과 물고기가 많았다. 물이 맑고 사방이 깨끗하여 시를 읊조릴 때 귤 하나가 떠내려 왔다. 시내를 거슬러 올라가니 귤나무가 있었다. 모두 실컷 먹고 나머지를 보자기에 싸서 돌아왔다. 바다로 가서 전복 200여 개를 캤다. 산에서 캔 약초도 너무 많아 두 꾸러미로 나누어 가져왔다. 그날 채취한 수산물로 배불리 먹었다. 긴 대나무 막대를 만들고 옷을 찢어 깃발을 만들어 높은 봉우리에 세우고 불을 피워 구조를 요청했다.[17]

드라마 전개상 무인도에서의 생활은 시청자들에게 신기한 모습이나 호기심을 유발할 수 있다. 비문명화, 원시성, 생소함에 대한 자극은 매우 좋은 소재감이다. 따라서 이와 같은 유사한 환경에서 영상을 만든다면 영상의 묘미도 더할 수 있다.

다음날(12월 30일) 바다에서 회오리가 일어났다. 상인 양윤하가 용왕님이 행차한 것이라 믿고 모두에게 경건히 빌 것을 요구했다.[18]이것을 그래픽으로 처리하거나 기존의 바다 회오리 영상을 활용하면 영상효과를 볼 수 있다. 이때 강재유가 큰 전복을 갖고 와 장한철에게 주려고 껍질을 열자 쌍 진주가 나왔다. 육지 상인 백사렴과 흥정 끝에 50금과 100금을 두고 가벼운 논쟁이 있었다. 망망대해의 무인도에 살 길을 기약할 수 없는데 이익으로 농단을 하니 우습기 그지없다.[19] 큰 전복을 열자 쌍 진주가 나왔다는 사실은, 내용 전개에서 좋은 스토리일 뿐만 아니라 시청자에게 무인도에 대한 기대감을 채워 줄 수 있는 부분이기도 하다.

---

17. 위의 책, 69-73면 요약. 12월 28-29일.
18. 위의 책, 78-79면 요약. 12월 30일.
19. 위의 책, 79-85면 요약. 12월 30일.

앞날을 가늠하기 어려운 상황에서도 흥정과 거래가 진행하는 상황 역시 재미를 더할 수 있는 부분이다.

무인도에서도 새해를 맞는다. 새해를 맞아 윷놀이를 했다. 이긴 자는 바위에 앉고 진 자는 옷을 벗고 절을 하도록 했다. 한낮에 돛배 그림자가 보여 연기를 피우고 소리를 질러 구원을 요청했다. 저녁 무렵 머리에 푸른 수건을 두르고 위에만 검은 긴 옷을 입고 아랫도리는 가리는 게 없는 왜놈이 왔다. 큰 배에서 10여 명이 탄 작은 배로 섬에 도착하자마자 일행을 포위하고 글로 어느 지방 사람인지를 물었다. 장한철이 조선 사람이라고 하자, 저들은 스스로를 남해 부처라 일컬으며 보물을 바치면 살려 줄 것이고 그렇지 않으면 죽이겠다고 했다. 보물이 없다고 하자, 칼을 휘두르고 사람들의 옷을 벗겨 거꾸로 매달았다. 그리고 쌍 진주며 날전복이며 다 가져가고 배로 떠났다. 한참 뒤에 겨우 묶인 것을 풀고서 왜인들을 성토했다. 이후 깃대와 불을 없애서 해적을 불러들이지 않토록 했다.[20] 무인도에서 구정을 맞는 모습을 상상해 보자. 그리고 윷놀이로 절 하는 게임을 29명이 하는 모습은 상상만 해도 재미있지 않은가? 이런 상황에서 저녁에 찾아 온 왜적의 침탈은 분위기를 반전하는 데 손색이 없다. 자칭 남해 부처라 하며 보물을 요구하다가 사람들을 옷을 벗겨 매달고 채취한 전복이며 쌍 진주며 필요한 것을 다 강탈하는 황당한 분위기는 종전 분위기와는 전혀 다른 완전한 반전이 되었다. 이런 측면에서 호산도의 생활은 극과 극을 치닫는 모습을 시청자들에게 제공할 수 있다. 즉 드라마로서의 충분한 매력을 갖게 한다.

---

20. 위의 책, 86-92면 요약. 1월 1일.

4) 안남선 승선과 방출

다음날(1월 2일) 돛단배 세 척이 지나갔다. 깃발을 휘두르고 연기를 피우며 외치니 한 척의 배에서 다섯 명이 작은 배로 도착해서 국적을 글로 물었다. 조선 사람으로 표류해서 환국을 요청했다. 그 중 한 사람은 장한철을 明의 유민으로 생각한 듯 했다. 장한철은 명의 유민이 조선에 살고 있는 것과 조선의 대우 등을 적었고 그들에게 배의 일행과 목적지를 묻자, 안남국에 사는 명의 유민으로 일본에 콩을 팔러 간다고 했다. 장한필이 임진왜란 때 명군이 구원해 준 것과 명의 마지막 의종에 대한 정감을 써서 주자, 두건을 쓴 사람이 슬픈 표정을 짓고 표류한 일행을 큰 배에 태워 주었다. 장한철이 예를 잃지 않도록 일행에게 당부하고서 배에 오르자 환대해 주었다.[21] 일행이 승선할 수 있었던 것은 순전히 장한철의 식견과 곡진한 글의 내용 때문이었다. 이런 부분에서 보여주기 중심의 드라마에서 논리와 지식을 중심으로 한 일면을 삽입할 필요가 있다. 오늘날 내용보다는 배경이나 각종 보여주기에 충실한 극의 전개가 많은데, 이런 측면에서 위의 부분은 대사와 식견의 문답을 잘 정리하면 역사드라마로서의 성격을 담아낼 수 있다.

다음날(1월 3일) 안남의 상선에서도 林遵과 대화중에 직전에 머물던 섬이 유구의 호산도임을 알게 되었다. 배의 내부를 볼 수 있었는데 매우 크고 화려하였다.

다음날(1월 4일) 안남 사람 方有立에게서 향오도에 조선 사람

---

21. 위의 책, 93-99면 요약. 1월 2일.

이 대대로 살고 있다는 이야기를 듣는다. 또 청나라의 탄압을 피해 명나라 유민들도 향오도에 많이 들어가 산다고 했다. 섬 안에 조그만 마을이 있고 金大坤이란 사람이 덕망 있는 원로이며 4세손까지 살고 있다고 했다. 청나라 포로로 잡혀 남경으로 왔다가 명나라 피난민들과 함께 향오도로 가서 대대로 살아 향오도 사람이 되었다고 했다. 그는 의술에 능통하고 살림이 넉넉하며 후손이 많았다고 했다. 그렇지만 고향을 그리며 누대를 쌓고 고국을 향해 슬피 울었다고 하며 사람들이 그 누대를 망향대라고 부른다고 했다. 한편 우리나라의 풍습에 대해서도 서로 필담으로 문답하였다.[22] 이 부분에서 굴곡진 아시아의 역사를 문답 형식으로 풀어내고 다문화가 어떻게 진행되었는지를 대사를 통해 표방할 수 있다.

다음날(1월 5일)은 극적인 반전이 일어난다. 즉 배에서 멀리 한라산이 보이자 장한철 및 일행들이 울었는데 明人 임준이 글로써 그 까닭을 물었다. 장한철이 제주 사람들로 고향으로 돌아가고 싶어서 그렇다고 하자 그 사실을 임준이 다른 사람과 주고 받았는데 매우 시끄럽고 다투는 모습이었다. 갑자기 두건 쓴 21명의 임준의 무리가 물러서고 머리 깎은 80명의 무리가 모여 임준의 무리와 장차 싸우려 했다. 그러자 임준의 무리가 달래며 무엇인가를 사정하는 듯 했다. 서로 대치하며 정오를 지났지만 그 까닭을 알 수가 없었다. 임준이 글로써 표류해 온 옛날 월남 세자를 제주 목사가 죽였다고 한다. 모두 그대들을 죽여 나라의 원수를 갚고자 하여 애써 달랬으나 함께 배를 탈 수 없게 되었다고

22. 위의 책, 100-110면 요약. 1월 3-4일.

했다. 그들은 황급히 29명을 우리 배에 태워서 망망대해에 띄워 놓고 떠나갔다.[23] 과거 특정 사건이 29명의 운명을 전적으로 바꾸어 놓았다. 안남사람과 명의 후예, 그리고 조선 사람들이 함께 겪는 역사성을 밀도 있게 연출해 낼 필요가 있다. 장한철 일행이 알았던 유구세자가 죽은 것이 아니라 안남세자였다는 사실과 이에 대한 안남 사람들의 태도, 이를 중재하려는 명의 후예들 실로 긴박한 연출로 극적 흥미와 긴장감을 더할 수 있다. 그리고 극단적으로 내려진 망망대해로의 방출은 극전 반전으로 충분한 역할을 할 수 있다.

5) 청산도에서의 사랑과 이별

1월 7일 정오에 비로소 의식이 깨었다. 사공 이창성, 노잡이 유창도, 김순기, 육지 상인 김칠백, 제주 상인 김재완, 양윤하, 과거 준비생 장한철, 김서일 등이 생존했다. 제주 상인 박항원과 이도원의 시체를 절벽 아래서 거두어 들판에 빈소를 차렸다. 21명의 죽은 이를 위해 제사를 지냈다. 장한철이 제문을 읽자 울지 않은 사람이 없었다. 제사를 마치고 용왕당에 가서 아낙에게 술을 얻어먹었고 그곳의 인심이 후한 곳을 알 수 있었다. 술을 올린 여인을 가만히 보니 정신이 혼미할 때 식사를 준 사람이었다. 곽순창이 말하기를 조씨의 딸이고 스물이지만 과부가 되었다고 했다. 섬사람 김만련과 함께 잠을 자며 조씨 딸 이야기를 하니 매월이에게 이야기하여 기회를 만들어 주겠다고 했다.

---

23. 위의 책, 111-115면 요약. 1월 5일.

한편 아전 한 사람이 상관을 데리고 와서 술과 밥을 빼앗아 먹고 남의 소를 빼앗는 짓을 했다고 한다. 그래서 싸움이 일어났다. 이선달이란 자가 대감노릇을 하고 있었다. 당대 한양으로부터 멀리 떨어진 섬의 행정이 지방 향리에 의해 침탈당하는 현실을 살펴 볼 수 있다. 역시 드라마 소재로서 활용할 만하다.

매월이에게서 연락이 왔다. 꿈속에서 보았다는 장한철의 이야기를 듣고 물리치는 뜻이 없다고 했다. 여인과 사랑을 나누고 과거에 합격하기를 기다리지만 5년이 지나면 다른 곳으로 시집가겠다고 했다. 새벽에 이별할 때 목이 메어 말을 할 수 없었다.[24]

섬의 독특한 정취와 낙후한 행정을 엮을 수 있다. 이선달이란 자가 대감노릇을 하는 모습이라든지 특히 21명의 죽은 이를 위한 위령제를 지내는 모습은 영상으로서 잘 담아 낼 필요가 있다. 이때 의식을 준엄하고 곡진하게 진행하는 모습을 연출하여 전통적인 영상미를 부각하면 그 나름대로 의미가 있을 것이다. 한편 청산도에서 조씨 딸과의 로맨스는 이 드라마의 독특한 정서를 담고 있다. 대체로 표류와 표착을 통해 생사를 넘나드는 극단적인 상황에서 하룻밤의 독특한 로맨스를 어떻게 받아들여야 할까? 그렇게 험난한 여정에서 죽음의 문턱을 오갈 때 음식을 먹여주었으며 어렴풋이 기억되던 사람을 용왕당에서 만났다. 그리고 사랑으로 연결된다. 장 보드리야르의 이론에 따르면 죽음과 성욕은 서로 맞서는 것이 아니라, 동일한 원 안에서, 즉 연속성의 주기적인 동일한 회전안에서 교환되는 것이라고 했다.[25] 따라서 사랑이란 죽음을 절감할 때 본능적으로 더욱 활발하게 발생할 수 있다고

24. 위의 책, 139-165면 요약. 1월 7-12일.
25. 장 보드리야르저, 정연복역, 『섹스의 황도』, 솔출판사, 1995. 141면.

본다.『漂海錄』의 정황으로 보아서는 사경을 헤맬 때 음식을 제공해 주고 보살펴 준 것에 대한 고마움으로 설명했는데 좀 더 근원적인 것은 이런 심리적인 요소가 전제했다고 추론해 보았다. 청산도에서 펼쳐지는 애틋한 사랑이야기는 드라마 내용으로서 매우 좋은 소재감이다. 한편 생환에 대한 안도와 한시 바삐 귀향하려는 사람들의 염원을 대사를 통해 연출토록 한다.

6) 생존 투쟁

1월 6일 해가 돋아 배가 한라산 서북쪽에 있음을 알게 되었고 표류하고 있었다. 배에는 돛과 노가 없어 앞으로 나아갈 수 없었다. 황혼 무렵 바람으로 처음 표류하던 노화도 서북쪽에 이르렀다. 눈비가 섞여 날리고 표류하자 사공 이창성이 염하는 형상으로 죽음을 기다렸다. 사람들이 그 까닭을 묻자 노화도 서북쪽은 암초가 많아 바람이 없는 날에도 배가 자주 침몰하는 곳이라고 했다. 장한철은 소복 입은 여인이 장한철에게 먹을 것을 주는 꿈에서 깨며 불길함을 느꼈다. 배가 부딪혀 물이 들어 왔다. 그러나 장한철은 해시에 살 수 있을 것이라는 거짓말로 사람들을 안정시키려 했다. 비바람과 성난 파도로 절망적 상황으로 빠져 들었다. 배가 모서에 들어가 부서질 쯤 바람이 거꾸로 불어 다행히 1리쯤 뒤로 물러 날 수 있었다. 다시 소안도, 대모도, 소모도 사이를 지나 다행히 파손을 면할 수 있었다. 해시 무렵 깜깜한 밤에 김칠백이 희미한 큰 산을 가리키자 모두 점을 친 결과와 일치한다고 하며 기뻐했다. 배가 산 가까이 다가가며 나아가거니 물러가거니 하며 큰 파도가 해안을 때리는 것을 보자 배의 동쪽 가장자리로 모여 살 계책을 세우고 있었다. 모두들 자맥질하는 재주를 믿었지만 장한철은 수영을 할 줄 몰랐다. 이때 사람들은 배에서 바다로 뛰어 수영한 모습과 걸어서 얕은 물을 건너는 모습도 보였다. 장한철은 바위섬 들머리로 뛰어내려 물속을 걸어서 해안에 도착할 수 있었다. 한참 뒤에 극적으로 도착한 사람은 모두 29명 중 10명이었다. 한참을 불러 김서일을 만날 수 있었다. 사람들은 장한철이 죽은 것으로 알았는데 살아서 나타나자 모두 껴안고 눈물을 흘리며 고마워했다. 서로 부축하며 절벽을 올랐으나 결국 넘어지고 흩어져 산 구릉에서 다음날 사람들을 만날 수 있었다. 2명은 절벽에 추락해 죽고 오직 8명이 살아남았다.[26] 이때 영상을 매우 처연하고 극적인 상황으로 연출할 필요가 있다. 야심한 밤에 파도를 헤치며 처절하게 생존을 사투하는 모습이라든지, 분명 장한철은 죽은 줄로 알았는데 극적으로 상봉하는 모습이라든지, 절벽에서 추락하는 아쉬운 장면 등을 잘 처리할 때 작품의 밀도를 높일 수 있을 것이다. 특히, 29명 중 생존자가 8명이란 점, 야심한 밤에 파도와 사투를 벌리는 장면 그리고 그런 과정에서 애석하게 수몰하는 장면은 어떻게 부각하느냐에 따라 드라마의 느낌을 새롭게 할 수 있다. 즉 영화 같은 드라마 연출이나 장면이 필요하다는 것이다.

7) 기지

노하도에서 바람을 만나 아득한 바다 쪽으로 휩쓸려가자 사람

26. 위의 책, 116-138면 요약, 1월 6일.

들은 죽을 것으로 여겨 통곡하는 것을 일삼았다. 밤은 깊고 앞을 분간할 수 없는 비가 계속 퍼붓자 배 안에 고인 물이 허리에 반을 찰 정도로 익사 직전이었다. 그럼에도 모두 누어서 물을 퍼내지 않은 것은, 죽음을 기다렸기 때문이었다. 이때 장한철이 지도를 보고 서쪽에는 외연도가 있어 옛날 원나라 조공 갈 때 쓰던 水驛이 있다고 하자 뱃사람들이 말씀대로라면 장한철 집의 하인으로 살며 평생 은혜를 갚겠다며 앞장서서 물을 퍼냈다. 정작 장한철은 사람들을 격려하여 살리기 위한 것이었음으로 속으로 떨면서 죽음을 기다리고 있었다. 뱃사람들은 장한철의 속임수를 눈치재지 못하고 명령대로 열심히 일했다. 밤이 되어 비도 멎고 바람의 기세도 꺾이었다.[27] 이처럼 스토리가 있다. 즉 영상과 함께 일정한 스토리가 전개되어야 하는 드라마는, 위의 상황에서 짧은 스토리를 전개할 수 있다. 즉, 노화도의 선착 실패에 따른 절망감에서 장한철의 기지로 생존을 위한 노력 그러나 정작 떨고 있는 장한철의 내적 상황 등은 연출로서 잘 정리할 필요가 있다.

다음날 장한철은 외연도의 이야기로는 사람들의 마음을 끌 수 없는 듯 하여 겨울철 날씨가 맑으면 서북풍이 불어 유구국의 부엌에서 밥을 먹을 수 있을 것이고 했다. 사람들이 반문하자 최부의『표해록』이야기와 野話에 "흰 바다·검은 바다·붉은 바다를 다 건너야 유구에 도착한다고 했는데 천여 리 정도 남았다." 고 말했다. 모두 사람들을 안심시키려는 의도에서였다. 겨울에는 서북풍이 많아 필시 그러할 것이라 했다. 사람들은 다투어 사공을 꾸짖으며 아무 말도 못하고 지휘도 못하고 있으니 대장을 양

27. 위의 책, 33-41면 요약, 12월 25일.

보하고 취사부가 되는 것이 어떻겠냐고 했다. 그러자 김서일이 사공을 두둔하며 다음과 같은 비유를 사용했다. 그대들은 투박함을 꺼려 염계 주돈이 선생에게 배우고 싶소? 남의 덕택으로 밥을 먹는 무능한 재상 노회신이 되고 싶소? 제갈량이 아낙네 머리에 수건을 씌워 놀림을 당하는 위나라 장군 사마의가 아니겠소.[28)]

절망적인 상황에서 분위기를 일신하고 생존을 위해 장한철의 기지는 계속 이어진다. 사공이 항해에 대한 자신감을 잃자 사공을 성토하는 분위기로 기울자 김서일이 이를 두둔하며 표류선 안에서는 갑론을박하는 사람들의 다양한 양상을 연출시킬 수 있다. 외적으로 표류하고 내적으로 생존에 대한 사람들의 입장 차이와 논쟁은 역시 드라마로서의 충분한 가능성을 보여주고 있다.

이때 어떤 이가 엊저녁에 동풍이 급히 불어 서쪽 촉나라에 닿을 수 있다고 농담을 하자, 사공은 촉나라에 도착하면 영영 못 돌아올 바엔 차라리 바다에서 죽겠다고 응수했다. 문득 즐거운 분위기 속에서 장한철도 애써 즐거운 표정을 지어 태연한 척 했다. 서북풍이 긴박하게 불자 유구 쪽으로 날아가는 듯 했다. 뱃멀미가 심했던 김서일이 정신을 차리자 자신을 불러 이 지경을 만들었다고 판단하여 不俱戴天할 것이라고 장한철을 크게 원망하였다. 장한철이 위로하자 부모를 부르며 울기만 했다. 폐와 위가 건조한 것을 막기 위해 죽을 쑤려 했지만 바다에서 금기 사항이라 해서 밥에 물을 말아 먹었다. 배에 마실 물이 줄어들고 땔감이 떨어져 갔다. 이에 비를 받아 물통에 저장하려 하자 상인 김

---

28. 위의 책, 46-47면 요약. 12월 26일.

재완이 "용궁에 가면서 빗물을 갖고 가야 하나?" 비아냥거려 더 이상 말을 못했다. 얼마 뒤 물이 바닥이 나자 모두 김재완을 탓하고 장한철의 식견에 감복을 했다. 이때부터 장한철이 우두머리의 사공이 되었다. 마실 물이 없어 밥을 짓지 못하자 갑판에 쌓인 눈을 모아 그 물로 밥을 지었다. 밤에 파도가 더욱 거칠고 굶주리자 모두들 죽음이 임박했다고 여겼다. 장한철이 "바람이 거세서 더 빨리 배가 나아가 새로운 세계에 도착할 터인데 어찌 그리 어리석소?"라고 하자 울음을 그쳤다.[29)]

장한철의 『漂海錄』은 표류 속에서도 생존을 위한 기지와 사람들 간의 다양한 담론이 존재한다는 점이다. 사람들이 실의에 빠질 때마다 학식과 假定을 전제로 생존의 희망을 불어넣고 역경을 헤쳐나간 스토리는, 분명 음미할만한 충분한 가치가 있다. 예를 들면 바람이 서북풍으로 바뀌어 배가 정박할 곳을 알 수 없었다. 그럼에도 사람들은 배가 유구 쪽으로 흘러가 정박할 것이라 여기지만 다음날이면 망망대해에 떠 있을 것을 알게 될 것을 우려하여 거짓으로 사람들에 다음과 같이 소리친다.

만약 유구로 들어가면 필시 살 수 없으니 어찌할까? 사람들이 그 이유를 물었다. 장한철은 옛날 유구와 우리나라는 사이가 좋았지만 광해군 신해년(1611)에 유구태자가 제주에 표류해 왔을 때, 제주목사 李箕賓이 이들을 도적으로 거짓 보고하고 죽이고 보물을 빼앗은 적이 있다고 했다. 사람들이 불안해 하자 사공에

29. 위의 책, 47-55면 요약. 12월 26일.

게 나침반을 살피게 하니 서풍이라고 했다. 그러면 유구는 피할 수 있다고 했다. 사람들이 기뻐했다.[30]

결과적으로 희망의 메시지를 통해 힘을 다해 물을 퍼내게 했고, 비통한 모습을 줄일 수 있었다. 이런 장한철에게 사람들은 황감을 주거나 술, 귤, 유자, 마른 안주를 주며 섬겼다.

이처럼 생존을 위해 사람들에게 힘을 실어주고 기지를 발휘해 계속적인 진행을 모색하고 있다. 그래서 독특한 스토리를 갖고 있다.

Ⅲ. 결론

본고는 장한철의 『漂海錄』를 대상으로 드라마화의 가능성을 살펴보았다. 이제 그 내용을 정리하여 논의를 매듭짓는다. 첫째 '출발-표류-무인도 표착-안남선 승선-방출-청산도 표착-한양-귀향'이라는 다채롭고 독특한 경로를 보여주고 있다. 이것은 드라마의 배경이 되며 동시에 시청자에게 볼거리 제공으로도 훌륭하기 때문이다. 둘째, 표류 및 여정에 보여주는 사람들의 입장의 차이는 역시 드라마의 내용 전개상 손색이 없다. 즉 표류 속에서 죽음을 절감한 사람들 간의 입장의 차이는 자연스럽게 주동인물과 반동인물로 양분되고 이들이 대립과 협력으로 극을 자연스럽게 전개할 수 있다는 점이다. 셋째, 청산도에서 조씨녀와

30. 위의 책, 59-60면 요약. 12월 26일.

의 사랑은 표류에서 겪는 자연과 인간의 대결 양상에서 인간 중심의 멜로드라마의 성격을 띄게 한다. 단순히 표류에서 자연과의 투쟁에서 생존했다는 단일성의 이야기가 아니라 섬의 풍광과 인습 및 사랑을 담아냈다는 점에서 드라마로서의 가능성을 갖고 있다. 넷째, 내용 전개과정에서 곳곳에 반전이 산재해 있다는 측면에서도 매력을 더해주고 있다. 이를테면 초기 행복한 무인도 생활과 대비되는 왜인의 침탈, 안남선에서 귀향할 것이라는 희망 속에서 갑작스러운 방출, 청산도 착륙에서 다수의 생존 희망이 반전되어 소수에게만 부여된 비극성 등은 드라마로서의 가능성을 충분히 갖추고 있다.

이상의 가능성을 전제로 오늘날 드라마의 특성을 고려하여 다음과 같이 전개 방법을 제시했다. 첫째, 오늘날의 드라마는 가능한 여성에게 선택받을 수 있도록 만들어야 한다. 왜냐하면 절대다수의 시청자는 여성이 압도적이란 점을 고려할 필요가 있다. 둘째, 작품의 내용상 순수성을 확보해야 한다. 사람은 누구나 순수한 사랑에 대한 그리움, 혼탁한 시대상에서 순수성에 대한 희구 등이 잠재되어 있다. 셋째, 등장인물이 갖는 신비로운 출생의 비밀을 장치함으로써 내용을 탐색해 가는 즐거움을 갖게 한다. 한국인의 정서상 약자에 대한 옹호, 시련에 대한 보상, 역경을 극복하는 저력에 대한 예찬 등이 등장인물의 출생의 비밀을 통해 전개된 경우가 많았기 때문이기도 하다. 넷째, 현재 방영되고 있는 흐름과 다른 유형의 드라마로 변신을 거듭할 필요가 있다. 즉 시대의 지배적 흐름을 쫓을 경우 아류작 또는 혁신성의 빈곤을 가져올 수 있기 때문이다. 다섯째, 최소한의 작품성을 확보해야 한다. 드라마가 비록 아무리 시청률과 상업성에 의존한다고 하더라도 하나의 창작물이며 예술성을 고려한다면 최소한의 작품성을 갖출 때 오랜 생명력을 가질 수 있다. 여섯째, 어떤 드라마가 오래 기억될 것인가? 아니면 그 반대일 것인가를 고려해야 한다. 대체로 주인공이 비극적으로 결말을 맺을 경우 일반적으로 사람들은 오래토록 그것을 기억한다. 그러나 반대일 경우 즐거움과 함께 기억도 짧아질 것이다.

이에 그 내용적 특징을 고려하면 다음과 같다. 먼저 회고의 형식으로 내용을 전개했다. 그리고 그 지배적인 흐름은 표류체험과 무인도 생활을 담았고 외구의 침탈 및 안남선 승선과 방출로 극적 내용을 갖고 있다. 또 청산도에서의 조씨녀와의 사랑은 색다른 분위기를 만들었고 생존을 위한 청산도의 표착은 매우 처참하지만 곳곳에 장한철의 기지가 돋보였다. 이를 바탕으로 얼마나 시대가 요구하는 감동을 만들어 낼 것인가는 구성 작가의 몫으로 남긴다. 특히 청산도에서 조씨녀와의 사랑은 표류에서 겪는 자연과 인간의 대결 양상에서 인간 중심의 멜로드라마의 성격을 띠게 한다. 게다가 생사를 넘나드는 반전이 곳곳에 산재해 있다는 측면에서도 색다른 매력을 갖게 한다.

이상의 논의는 『표해록』을 문화콘텐츠로 만드는 과정으로 다양한 각색의 시도가 필요하며 실제 드라마를 위해서는 오늘날 어감에 맞는 대본 작업이 수반되어야 할 것이다. 다만 이런 시도를 통해 우리의 아름다운 고전 팩트(Fact)가 하나의 훌륭한 영상문화를 탄생시키는 밑거름이 되기를 희망한다.

〈참고문헌〉

- 김봉옥 김지홍 옮김, 『옛 제주인의 표해록』, 전국문화원연합회 제주도지회, 2001.
- 김지홍 옮김, 「표해록의 문학사적 위상」, 표해록, 지식을 만드는 지식클래식 2009.
- 서인석, 「장한철의 표해록과 수필의 서사적 성격」, 『국어교육』, 한국국어교육연구원, 1989.
- 송창빈역, 『漂海錄』, 新幹社, 1990.
- 오관석. 「한문기행 연구-장한철의 표해록을 중심으로」, 단국대 대학원 석사논문, 1984.
- 윤일수, 「『만강홍』에 나타난 장한철의 표류담의 계승과 변이Ⅱ」,『어문학』, 제58집, 한국어문학회, 1996.
- 윤치부, 「한국해양문학연구-표해록 작품을 중심으로」, 건국대 박사학위논문, 1992.
- 이종헌역, 『그리운 청산도』, 학술정보, 2006.
- 장 보드리야르저, 정연복역, 『섹스의 황도』, 솔출판사, 1995.
- 장시광, 「표해록의 문학사적 위상」, 표해록, 지식을 만드는 지식클래식 2009.
- 정병욱, 「표해록」,『인문과학』제6집, 연세대 인문과학연구소, 1961.
- 진선희, 「장한철 『漂海錄』의 多聲性 연구」, 제주대 대학원 석사논문, 2011.
- 한창훈 글, 한주연 그림, 『제주 선비 구사일생 표류기』, 한겨레 아이들, 2008.

3부

風을 중심으로 한 안양의 주거환경 연구

조선 고전 문학의
변천과 의미

風을 중심으로 한 안양의 주거환경 연구

Ⅰ. 서론

오늘날 사람들이 추구하는 삶의 대표적인 형식 중의 하나가 웰빙이다. 이 웰빙은 주거 환경에서도 탈도시적 열망을 갖고 타운하우스, 전원주택, 신도시 등의 형태로 나타나고 있다. 이제 거대 도시의 복합적 개발과정에서 웰빙적 요소는 찾기 힘들다. 다양한 가치기준 속에서 복합적으로 만들어진 도심은 사람이 살기에 적합한 선순환적 구조를 지향했지만 동시에 악순환적 요소도 적지 않은 것이 현실이다. 그 중에서도 바람의 조건이 매우 열악한 상태이다. 사실 사람이 살아가는 첫째 조건이 風水라고 할 때 깨끗하고 좋은 산소를 가진 공기의 필요성은 절실하다. 水는 수도관을 통해 편리하게 사용하게 되었고, 또 마시는 물 역시 정수

하여 큰 문제는 없다. 문제는 바람을 깨끗하게 정화시켜주는 산들마저도 개발의 논리 속에 사라져 가고 있다. 사실 산 하나 없어지면 어떠하겠냐고 반문할지 모르지만 산 하나가 존재함으로써 도심의 쾌적성이 높아지고, 사람들의 호흡기 질환이, 현저하게 떨어진다. 그러나 이를 가벼이 했기 때문에 대도시라고 할 때 '숨이 막힌다', '캐캐하다', '답답하다'라는 부정적 이미지는 대부분 공기에 기인한다. 그럼에도 그곳을 선택하는 이유는 주지하다시피 生理가 편리하기 때문이다. 현대인에게 가장 필수적 요소가 바로 生理이기 때문에 이런 불합리한 조건을 감수하고도 生理를 중심으로 살아가는 것이다. 하지만 이는 마치 '먹이가 많은 탁한 어항에 고기들이 몰려 먹이를 먹기에는 편리할지 모르지만 그 만큼 전체적으로 열악한 조건으로 살고 있는 것과 같다. 아마 오늘의 대도시가 이와 유사할 것이다. 이런 현실에서 서울 근교에 비교적 덜 개발되고 산으로 둘러싸인 안양, 용인, 광주 등은 나름대로의 이런 것을 해결할 장점을 갖고 있다. 바로 이 논고는 風水 중에 風을 중심으로 쾌적한 도시를 만드는 가능성을 설정하려 한다. 그리하여 산을 근거한 쾌적한 공기와의 관계를 수리산 동북쪽 일대인 안양을 중심으로 살펴보려 한다.

현재 수리산 동북쪽은 지하철 1호선 명학역을 중심으로 성결대학교와 안양대학교가 자리하고 건너편에는 평촌 신도시가 펼쳐져 있다. 이 중에서도 평촌 신도시는 이미 개발이 끝난 상태여서 더 이상 재론하지 않고 그 범위를 좁혀 아직 비교적 개발의 여지가 남은 성결대학교와 안양대학교 사이 즉, 안양 8동을 중심으로 고찰하려 한다. 이런 연구를 통해 자연과 인간을 조화롭게 연결하여 건강하고 쾌적한 삶을 영위되는데 일조하기를 갈망한다.

Ⅱ. 본론

1. 고문헌에서 지적한 산과 공기와의 관계

현대의 풍수를 잘 설명한 사람으로 최창로가 있다. 그의 이론을 소개한다.

동양의 전래적 가치를 규정할 때 風水는 음양사상으로 대비할 수 있다. 風은 하늘의 氣로 陽을 가리키고, 水는 땅의 氣로 陰을 표상한다. 그리고 오늘날 水는 좋은 곳의 물을 끌어 음용하기에 별 문제가 없지만 風은 주어진 지형에 맞추어 생성되기 때문에 좋은 지형을 택하지 않을 수 없다. 따라서 풍수는 기본적으로 땅을 바탕으로 좋은 공기와 물을 취하고자 하는 인간의 근원적 욕망이다. 그리고 풍수는 땅을 중심으로 인간의 건강한 삶을 추구하는 인문생명과학이다. 즉, 땅(陰)이 가장 좋은 공기(陽)를 만나는 곳, 그곳이 사람이 살기에 좋은 명당이며 이를 生氣가 충만한 곳으로 본다. 그리하여 『靑烏經』에서는 "생기를 모으지 못한다는 것은 산에 감싸 안아주는 것이 없다는 말이며, 생기가 이르지 못한다는 것은 산에 마주하는 朝對山이 없다는 것이며, 생기가 날아가고 샌다는 것은 穴에 빈 허점이 있다는 것이며, 생기가 돌아서고 막힌다는 것은 혈이 어둡고 음랭하다는 말이니, 혈들에는 장사를 치를 수 없다."고 했다. 그리하여 땅의 생김(陰)과 공기(陽)의 조화를 추구하였다. 郭璞의 『錦囊經』에 관한 張說의 註에서도 같은 맥락의 내용이 전개된다. 〈만물의 생겨남은 땅속의 것(地中者)에 힘입지 않은 것이 없다. 그것은 땅속에 生氣가 있기 때문이

다.〉 땅이 살아 있다는 것에 대한 명쾌한 지적이다.[1]

또 『寶鑑』에 말하기를 "산이 후덕하면 사람이 인후관대하고, 산이 수척하면 사람이 편협하며, 산이 맑으면 사람이 귀하게 되고, 산이 부서져 내리는 듯하면 사람이 비참하게 되며, 산이 돌아들면 사람이 모이고, 산이 달아나면 사람이 흩어지게 된다. 산이 길면 사람이 용감하고, 산이 작으면 사람이 좀스러우며, 산이 밝으면 사람이 품달하고, 산이 어두우면 사람 역시 우매해지고, 산이 순하면 효자가 나고, 산이 역하면 믿을 수 없는 사람이 난다."[2] 고 했다. 이런 관점은 蔡牧堂에게서도 살필 수 있는데, 地理와 人事는 비슷하다고 보았다. 최창조의 경우는 地理와 人事를 일치 관계로까지 설명했다. 즉, 인간의 삶과 산과의 긴밀한 관계를 설명하였다. 물론 이것은 과거 농경문화를 중심으로 해석한 측면이 없지 않으나, 그렇다고 해서 현대인과 무관할 수 없는 것도 사실이다. 앞으로의 주거환경의 주요 조건 중에 하나가 좋은 공기(陽)를 얻는 것이 필수적이라면 그것은 바로 산과 직결되며 산세의 모양 역시 인간의 인식세계와도 밀접할 수밖에 없다는 것이다(對山 관계). 그리하여 이것을 인식론으로 설정해 보면 다음과 같다.

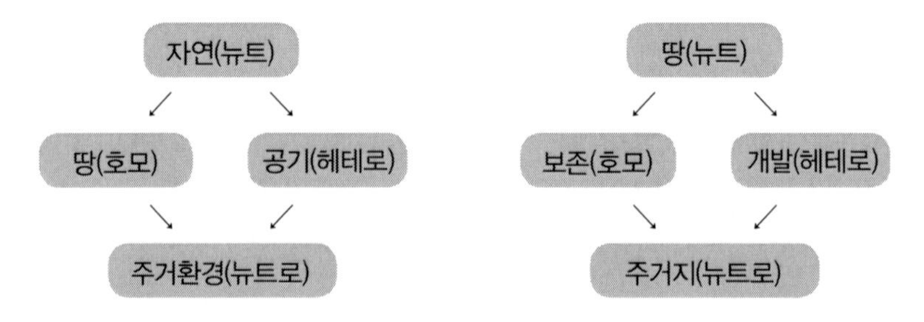

1. 최창조, 『 한국의 풍수지리』, (민음사 1996), 15면.
2. 최창조, 『한국의 풍수지리』, (민음사 1996), 18면.

이런 관점에서 좋은 산에 쾌적한 공기(陽)가 양상되어 사람(陰, 翕)에게 힘을 실어 줄 수 있다. 그리하여 『청오경』에는 산세에 대하여 다음과 같이 설명하고 있다.

산은 서로 맞이해야 좋고, 물은 맑게 흘러야 좋다.(山欲其迎, 水欲其澄)
산이 머뭇거리는 듯 가다가 멈추고 물이 굽이굽이 돌아 흐르면 자손이 헤아릴 수 없이 많다.(山頓水曲 子孫千億)
東山에서 더운 기운을 토하면 西山에서 구름이 일어난다. 穴이 吉하고 따뜻하면 부귀가 오래간다.(東山吐焰 西山起雲 穴吉而溫 富貴延綿)
만일 脈이 끊겼다가 다시 이어지고, 쭉 뻗어나가다가 다시 멈추며, 기이한 모양과 특이한 형상으로 된 땅은 천금을 주고도 구하기 어렵다. 끊어진 연줄기(折藕)와 꿴구슬(貫珠)로 된 穴은 마치 眞氣가 떨어진 것 같아서 穴에 임하여도 애매모호하여 찾아내기 어렵다. 虛 한 곳을 막아주고 缺한 곳을 보강하였는데, 이는 하늘이 만들고 땅이 베풀어 놓은 곳이므로 지극히 훌륭한 사람에게 주는 땅인지라 先賢도 누설하기가 어렵다.(若乃斷而復續 去而 復留 奇形異相 千金難求 折藕貫珠 眞氣落莫 臨穴垣然 誠難捫莫 障空補缺 天造地設 留與至 人 先賢難說)
초목이 무성한 곳은 吉氣가 따르는 땅이다. 안과 밖 겉과 속이 혹 자연적인 것도 있고, 혹은 인위적인 것도 있다.(草木鬱茂 吉氣相隨 內外表裏 或然或爲)[3]

산세와 인간사의 밀접한 관계를 설명하고 있다. 그리고 산의 종류를 세분화하여 다음과 설명하고 있다.

3. 韓重洙譯『青烏經』,「本經」, 明文堂, 1996, 14-24면 요약.

草木이 자라지 않는 산은 童山이고, 무너지고 구덩이지고 움푹 패여 맥이 이어지지 않는 산이 斷山이고, 흙이 없이 암석으로만 뭉친 산이 石山이며, 멈추는 것이 없이 밋밋하게 미끄러져나간 산이 過山이며, 左右로 가지쳐나간 脈이 없이 외가닥으로 나왔거나 祖宗이 없이 섬처럼 뚝 떨어져 이루어진 산이 獨山이며, 前後左右 어느 곳이든 높은 산이 가깝게 붙어 핍박당하고 있으면 逼山이며, 산이 한쪽으로 쓰러질듯 기울어져 있는 산이 側山이다. 童山은 옷(衣)이 없고, 斷山은 氣가 없고, 石山은 흙이 滋生되지 않고, 過山은 勢가 멈추지 않고, 獨山은 雌雄(陰陽)이 없고, 逼山은 明堂이 없고, 側山은 기울어 바르지 않아 못 쓴다. 그러므로 郭璞은 이 經을 인용하여 이 다섯가지를 경계하되 다만 글을 줄여 말했다. "貴氣가 서로 도우면 本源에서 벗어나지 않고 전후에서 옹호하면 主도 있고 客도 있다." 즉 本源에서 벗어나지 않으면 氣와 脈이 서로 連接된 것이고, 主客은 穴의 前後에 穴을 호위하는 砂가 있다는 뜻이다.[4]

그리고 이런 산을 바라보며 무의식 중에 형성되는 인식관에 대하여 다음과 같이 설명하고 있다.

案山은 穴을 응하는 砂로 穴에서 바라보아 맞은 편에 있는 산이다. 案山이 단정히 솟아 氣를 머물고 朝向(穴에 공순한 자세)하는 듯, 절하는 듯, 팔장을 끼고 하인이 上司에게 揖하는 듯한 모습을 띠면 吉하다. 혹 案山이 비뚤어졌거나 옆으로 기울거나 높이 솟아 穴에 그늘을 짓거나, 혹은 너무 높고도 가까워 억누르는 듯하거나, 혹은 너무 길거나 너무 짧거나 한 것은 모두 좋지 않다. 東山에 달이 뜨면 서쪽 연안은 밝아지고 물

4. 위의 책, 1996, 18-19면.

가에 꽃이 만발하면 물 가운데 그림자가 붉다.(이는 穴이 眞이면 案山도 자연 吉格을 이룬다는 뜻이다.) 穴이 높은데 있으면 案山은 높고 멀리 있어야 마땅하고 穴이 낮은데 있으면 案山은 낮고 가까운데 있어야 좋다.[5]

2. 공기를 중심으로 읽는 수리산 동북쪽의 환경

일반적으로 흡연을 하지 않을 경우 10년을 더 장수할 수 있다고 한다. 이것은 공기가 어떤 성분으로 구성되었느냐의 중요성을 반증하는 말이다. 현대인들은 영양이 부족하기 보다는 오히려 넘쳐서 줄이기를 목표로 삼고 체중의 70% 정도를 차지하는 체내의 수분을 위해 깨끗한 물을 선택한다. 그러나 공기는 공유물이어서 어쩔 수가 없다. 물론 실내에서 공기청정기를 사용한다고 해도 그것은 극히 폐쇄된 일부 공간의 상태이고 가능하면 도시 전체의 공기의 질과 상태가 우수할 필요가 있다. 이런 맥락에서 안양은 매우 깨끗하고 질 좋은 공기를 갖기에 적합한 환경을 갖고 있다. 먼저 안양 지형의 산세를 중심으로 살펴보면 다음과 같다.

"수리산은 안산 동쪽에 있다. 여기서 서북쪽으로 뻗은 산맥이 수리산 줄기 중에서 가장 긴 산맥이다. 인천, 부평, 김포, 통진을 지나 푹 패어 큰 石脈이 되었다가 강을 건너 다시 솟아 摩尼山이 되었다.[6]

修理山에 관한 사실적 기록은 조선 후기 이중환(1690, 숙종 16년-?)의 『擇里志』의 「八道總攬」에 나온다. 『擇里志』에 전개된

---

5. 韓重洙譯, 『靑烏經』, 「本經」, 明文堂, 1996, 38-39면.
6. 이민수역, 『택리지』, 「팔도총론」, 경기도편, 평화출판사, 2005, 150-151면.

수리산의 산세를 요약하면 관악산의 산세가 서쪽으로 이어져 삼악산으로 펼치다가 주저 않았다. 그러다가 평지를 이루고 다시금 솟아 서울 서쪽 끝자락에 가장 높은 산이 바로 수리산인 것이다. 즉, 수리산이 서쪽을 막아 솟았고 관악산과 마주하였으며 그 사이의 평지가 오늘날 안양, 평촌, 인덕원이다.

지리적으로는 동서 양쪽이 산으로 막고 남북으로는 통한 형국이다. 또 지형이 순탄하고 땅이 윤택하여 사람이 살기에 좋은 곳이다. 이 때문에 1번 국도와 경부선이 여기를 거친다. 바로 해발 475m 인 수리산이 안양시와 군포시 및 안성시에 자리하고 있다. 현재 수도권 개발제한구역에 포함되어 있으나 수도권 관광휴양지를 기대할 수 있다.

산의 북쪽 안양동의 담배골은 조선 후기 헌종 때 기해박해에서 천주교도가 순교한 곳이기도 하다.[7] 오늘날 안양시민이 비교적 깨끗한 공기를 제공받을 수 있게 하는 데에 바로 이 수리산에 기인한 바가 크다. 왜냐하면 우리는 전통적으로 편서풍에 영향을 많이 받으며 살아왔는데 수리산은 편서풍의 풍속을 어느 정도 안정적으로 조절해 주고 탁한 공기를 걸러 제공하기 때문이다. 따라서 안양으로서는 수리산의 자연적 가치에 깊은 관심을 가질 필요가 있다. 일반적으로 산이 도시민에게 주는 효용성은 대체로 다음과 같이 요약할 수 있다.

특 징	비 고
공기를 정화한다.	
정서적 안정을 준다.	

7. 『한국민족문화대백과사전』 13권, 161면.

특 징	비 고
잘 개발하면 경제적 가치를 높일 수 있다.	
미래 주거환경으로 각광받을 수 있다.	
시민에게 휴식을 제공한다.	

독일은 숲은 조성하고 그 속에 도시를 건설한다. 우리는 반대로 집을 먼저 짓고 거기에 맞추어 숲을 조성한다. 이는 우리 주변의 자연적 환경이 산을 중심으로 펼쳐 있기 때문에 기인한 것으로 여겨진다.

과거 우리의 산을 자연 상태 그 자체로 보존함으로써 최상의 가치가 있다고 믿었던 때가 있었다. 그래서 안식년을 두거나 입산금지를 통해 그 원형대로 보전하려 했다. 그러나 그것은 산을 즐기고 함께 할 주체가 사람임에도 산을 분리하여 화중지병으로 운영하는 것은 비현실적인 방법이다. 왜냐하면 너무 관리를 하지 않아 낙엽이 쌓여 화재의 위험이 높고, 잔가지가 정리되지 않아 바람길이 막혀 어린 묘목이 죽거나 생장조건을 열악하게 만든다. 따라서 차라리 사람과 친근하게 길을 열어주고 잘 관리함으로써 사람들에게 사랑받고 도시의 가치도 더욱 올릴 수 있는 것이다. 즉 도시와 인접한 산은 사람들의 등산로가 되고 친근한 건강 산책 코스가 되는 것이다. 이제 산림청이 주무 부서이지만 그 지역 사람들과 가장 밀접한 지자체에게 위임하거나 협의하여 탄력적으로 운영하는 것이 더욱 효율적일 것이라 생각한다.

멀지 않아 중국의 경제가 더욱 발전할 것이다. 그 결과는 한반도의 혼탁한 공기로 이어질 것이다. 각종 개발에 따른 먼지와 늘어난 자동차 배기가스가 편서풍을 타고 한반도를 강타할 것이고, 그 첫 귀착지가 서부 지방이다. 최근 우리는 황사로 인해 대기의 오염과 호흡기 질환을 뼈저리게 실감하고 있다. 이런 맥락에서 미래 최고의 주거조건은 산자락을 끼고 쾌적한 공기를 제공받는 도시일 것이다. 거기에다 교통의 편리성마저 갖추었다면 이것은 금상첨화일 것이다.

바로 이런 입지 조건 중에 한 곳이 안양이다. 이제 주 5일 근무제가 점차 일반화됨에 따라 초기에는 탈도시적 경향이 일반적이었다. 하지만 시간의 소요, 출퇴근길의 교통 혼잡, 유가 상승에 따른 교통비증가, 피로누적, 편리시설의 부족 등으로 인해 도시에서 멀리 떨어져 고립된 전원보다는 도심 가까운 산자락의 주거환경이 더욱 선호되고 있는 현실이다. 그리고 그 구체적 이유 중에 하나가 산과의 친밀성이다. 설령 산을 찾지 않은 사람이라도 그 상큼한 바람결과 전망에 매료되고, 찾는 사람에게는 등산의 즐거움을 준다.

이런 점을 고려할 때 안양의 수리산은 숲이 비교적 잘 조성되어 있고, 계절에 따라서는 계곡물도 흘러 매우 짧은 시간대에 자연의 즐거움을 누릴 수 있는 공간이다. 이는 마치 서울 평창동에 살고 있는 주민들이 평창동을 좋은 주거지라고 생각하는 것과 같다. 도심 가까이에서 설악산과 같은 정취를 느끼고 자하문은 지나면 곧장 각양의 편리시설과 연결되기 때문에 주거환경의 만족감이 높다. 이런 맥락에서 수리산 동남쪽 성결대와 안양대 사이는 웰빙적 주거지로서 매우 우수성을 갖고 있다.

그럼에도 왜 개발이 지연되고 있는가? 그 이유는 크게 세 가지 정도로 압축할 수 있다. 첫째, 그간 안양의 개발은 평지를 택해 주로 평촌, 범계, 안양역 주위, 비산동을 중심으로 이루어졌다. 이것은 서울과의 접근성이 용이하고 편리시설과 학군 등을 잘 갖추어갔기 때문이다. 그리고 대체적으로 안양은 산으로 둘러싸여 쾌적한 환경을 갖고 있기 때문에 굳이 산자락 가까이를 선호하지 않았다.

둘째, 도로가 취약하다. 예를 들면 명학대교 사거리에서 안양동 진입도로는 좁은 구도로로 인적 유동을 고려하여 좀 더 확장할 필요가 있다. 즉, 아침, 저녁 출퇴근 시간대에 성결대 학생과 성문중고생, 주민 등 수 천명이 이용하고 있다. 좁은 구도로를 특정 시간대에 수 천명이 이용한다는 것을 고려하여 과감한 투자가 필요하다. 물론 시 당국은 예산을 탓하겠지만 도시 발전의 중단기적 계획을 고려하면 집중 투자를 희망한다. 이런 이유 때문에 자연적 조건과 국철 1호선과 연결되는 교통이 편리함에도 안양동 일대가 저평가 되어 있는 것이 현실이다.

셋째, 노후주택이 주거를 지배하고 편리시설의 부족을 지적할 수 있다. 안양의 편리한 상권은 대체로 범계역 또는 안양역을 중심으로 형성되어 있다. 따라서 안양 8동은 자연적 환경이 뛰어났음에도 상대적으로 변두리로 인식되고 편리시설의 부족으로 주거환경으로서 왜면을 받아왔다. 또 백운호수를 중심으로 위락지가 이루었기 때문에 거리 측면에서도 자연히 시민들의 주거의 중심권역에서 멀어졌다.

그러나 생활에서의 특수성(좀 더 좋은 곳을 찾아 쇼핑하거나, 고급스러운 외식 등)보다는 일상성(집 가까이 산책 또는 운동, 소비활동 등)을 고려할 때 수리산 자락의 안양동은 매우 그 가치가 높다.

즉, 국철 접근의 용이성, 환경의 쾌적성, 저가의 주택 등은 분명 매력적 요소로 작용할 수 있다. 만약 이곳에 수리산을 중심으로 좀 더 편리한 노인 요양 병원을 짓거나 골프 연습장, 산과 연계된 실내 체육관 등을 건설한다면 주거의 쾌적성은 달라질 수 있다. 또 이곳의 노후주택을 서울 평창동처럼 개발하는 것도 평촌과 다른 주거지로 설득력을 확보할 수 있다. 산을 중심으로 체험학습 프로그램을 개발하고 수리산 정상에서 서해를 조망할 수 있도록 케이블카 운행도 생각해 볼만 하다. 산은 이제 평지의 대량 아파트 단지와 달리 색다른 삶의 운치를 줄 수 있는 훌륭한 웰빙 공간이다.

인간이 자연을 극복하고 합목적으로 만든 것이 오늘날의 고속도로라면 자연에 순응하여 인간의 편리성을 추구한 것이 과거의 국도였다. 따라서 이 국도를 따라가 보면 대체로 땅이 윤택하고 산수가 조화를 이루어 오늘날 웰빙적 개념이 강하게 부각된 것을 살필 수 있다. 이런 맥락에서 1번 국도와 경부선이 지나는 서울 남서쪽에 자리한 안양은 웰빙적 근거로 만들어진 도시이다. 그리고 그 중심에 수리산이 있다.

다음은 수리산과 관련된 자료를 살펴본다.

골짜기가 발달되어 약수터가 많다. 다만 경사가 급해서 빗물이 빨리 소실되는 단점이 있다. 따라서 계단식 저수지를 만들어 건조한 산림에 수분을 공급해 주고 화재시 소방수로서도 활용할 수 있도록 한다. 또 저수지를 미적으로 잘 조성하면 훌륭한 산책코스로서도 주목 받을 수 있다.

산의 전체적인 모양이 겹을 이루고 골짜기가 발달되어 있다. 물론 지리산처럼 겹겹의 산맥은 아니지만 안양쪽으로 불어오는 불순한 편서풍을 걸러주는 여과기 역할을 할 수 있다. 또 도심의 온도를 낮추는 기능을 갖고 있다. 특히, 창박골에서 담배촌쪽은 산구렁이 발달되어 청소년 수련관이나 야외 학습장으로 적합하다. 즉, 수암봉과 태을봉 사이 담배촌은 산주름 사이의 골짜기이므로 온도가 낮고 공기가 습하며 맑다. 이곳은 여름철 피서지로서도 효용도가 높다. 대체로 수리산은 서쪽과 서북쪽을 막아주고 있다. 이것은 전통적인 편서풍과 북풍을 막아주며 동남쪽으로 펼쳐 있어 햇살이 좋고 겨울철에도 눈이 잘 녹아 살기에 좋은 형상을 일구었다. 그 중에 산본이나 군포 북서쪽 역시 수리산에서 불어주는 깨끗한 공기와 동남쪽의 햇살을 풍부하게 받아 살기 좋은 곳이다.

이외에도 수리산에 대한 개관 자료를 살펴보면 다음과 같다.

〈수리산의 四季와 眺望圈〉[8]

- 높이 : 수리산 489m
- 위치 : 경기 안양시, 군포시, 안산시
- 특징·볼거리 : 수리산은 태을봉(488m), 슬기봉(451m), 관모봉(426m) 및 수암봉(395m) 등과 같은 영봉으로 이루어져 있는데, 산 정상에 오르면 군자 앞 바다와 소래 염전 및 인천, 수원의 시가지까지 볼 수 있다. 수리산은 경기도 안양시와 시흥시,군포시와 그리고 화성군 반월면의 경계에 있는 산으로 능선을 따라 여러 산행 코스를 이루고 있다. 독수리가 치솟는 형상이라 하여 수리산으로 불리며 신라 진흥왕 때 창사된 수리사가 있다. 안양시 만안구청 뒷편 기슭엔 삼림욕 코스도 있어 인근 주민들의 좋은 휴식처로 활용되고 있다. 수리산은 능선 곳곳에 암봉이 있고 울창한 수림으로 조망이 좋으며, 진달래가 특히 많고 교통이 매우 편리한 산이다. 정상으로 이어지는 동능에 올라서면 안양시가 한눈에 내려다 보이고 수원으로 이어지는 고속도로가 주능선과 나란히 뻗어 있다.
- 인기순위 : 인기명산 100 45위 (한국의산하 1년간 접속통계에 의한 순위) 수리산은 인기명산 45위에 오를 정도의 명산은 아니지만 인구가 많은 도심에 위치하여 도시민들의 휴식처로 인기 있다.
- 등산시간 : 4 시간
- 수리산 사진

위의 자료를 분석하면 대체로 산 정상의 조망권이 좋기 때문에

8. 네이버, 한국의 산하 참조.

케이블카를 설치하여 시민들에게 위락시설을 제공할 수 있다. 교통의 접근성이 좋고 삼림욕 코스가 가능하기 때문에 시민들의 휴식처로 적합하다. 즉 산정상에서 서해 낙조를 감상하거나 수원, 안양, 군포 등을 조망하는 즐거움을 줄 수 있다. 이를 위해 남산타워과 같은 시설설치도 검토할 만하다.

Ⅲ. 결론

다음은 이런 안양의 수리산의 장점을 살펴보고 그 발전 가능성을 요약하여 논지를 맺는다.

1. 산세가 높지 않고 도시와의 조화를 이루었다. 해발 475m 정도면 등산로로서 매우 적합한 높이이다. 관악산이 해발 629m로 서울 시민들이 즐겨 찾는 등산로인데 비해 152m 낮아 큰 부담 없이 산행을 즐길 수 있는 코스를 갖고 있다. 다만 관악산은 석재가 돌출된 氣가 센 산인데 비해 수리산은 土가 지배적인 德山이다. 일반적으로 강렬한 창조적 가치를 지향할 때는 기가 강한 산이 좋다. 반면에 온유하고 평담한 덕성을 강조할 때는 덕산이 좋다.
2. 평지 개발은 그간 정부가 주도하여 단기간에 완성했으나 산을 이용한 개발은 아직 우리나라에서는 초보적 단계이다. 그리하여 미래 지향적 삶의 공간은 바로 평지 개발보다는 산과의 조화를 추구한 도시 개발로 지향될 수밖에 없다. 그 근거는 이제 공기의 淸濁문제가 대두되었다. 또 컴퓨터, 전자 기술의 발달로 집단

적 작업보다는 개별적 작업을 원하는 시대에서 인터넷 '다음' 회사가 제주도에 있다는 점을 생각해 볼 필요가 있다. 갈수록 대규모로 연결된 공장이 줄어들고 반면에 지적 중심의 산업이 발달하는 선진국형 형태로 흘러간다고 할 때 산은 주거환경으로서 각광 받을 수밖에 없다. 이런 측면에서 지하철과 인접한 수리산은 매우 효용성이 높아질 수밖에 없을 것이다.

3. 현재 수리산 자락의 안양동은 노후 주택이 많아서 개발의 용이성이 높다. 지가가 아직은 다른 곳에 비해 저렴하다. 문제는 평촌과 그 개발방법이 달라야 한다는 것이다. 수리산에 아파트를 짓는 것을 피하고 가능하면 저층의 테마주택이나 타운하우스를 개발하는 것이 바람직하다. 쾌적성과 교통의 편리성이 강조되면 신도시와 차별화된 색다른 주거환경으로서 부각될 것이다.
4. 산을 좀 더 효율적으로 관리할 필요가 있다. 도시 인근의 산들을 자연보호라는 명목으로 자연 상태로 유지시키려 한다. 그것도 나름대로 일리가 있다. 하지만 그럴 경우 도시민이 산을 통해 행복추구권을 얻으려는 소박한 열망도 감안해서 좀 더 합리적인 방안을 짤 필요가 있다. 이런 맥락에서 수리산 개발은 절실하다. 전통적인 산으로서 존재가 아니라 일상에 시민들에게 매우 친숙하고 휴식을 주고 나눌 때 산의 값은 더욱 높아질 것이다.

이제 쾌적한 공간의 배치로서 산은 대기의 환경이 열악해질수록 그것의 가치는 더욱 높아질 것이다. 가까운 미래 어느 시점에는 교통수단이 항공권으로 바뀔 때 산은 최고의 가치를 지닐 것이다.

서해의 불순공기를 일차적으로 한번 걸러 주는 것이 바로 수리산이다. 수리산이 존재함으로써 안양은 비교적 깨끗한 공기를 제공받는다. 그리고 도심의 온도를 낮추어 준다. 또 조망의 대상을 통해 정서적 안정감을 제공한다. 나아가 등산코스를 제공함으로써 시민들에게 건강과 여유를 줄 것이다. 아직 개발이 만족스럽지 않았지만 잘 개발하면 매우 가치 있는 시민들의 휴식처이자 사랑받는 명소가 될 수 있다.

〈참고문헌〉

- 이민수역, 『택리지』, 평화출판사, 2005.
- 인터넷네이버, 한국의 산하 참조.
- 최창조, 『한국의 풍수지리』, 민음사, 1996.
- 『한국민족문화대백과사전』
- 韓重洙譯, 『청오경』, 명문당, 1996.

〈찾아보기〉

| 저자 소개 |

안 영 길

문학박사
성결대학교 국어국문학과 교수
문화콘텐츠 기획 및 제작자

〈저서〉
조선후기 고전문학의 빛깔과 향기(지식과 교양)
조선고전문학의 산책과 전망(아세아문화사)
조선위항인의 문학과 풍류(북코리아)
중학 한문교과서 공저(비유와 상징) 등 그외 수십 편의 논문이 있다.

조선 고전 문학의 변천과 의미

초판 인쇄/ 2015년 9월 5일
초판 발행/ 2015년 9월 5일

저 자 안영길
책임편집 이정애

발 행 처 도서출판 지식과 교양
등 록 제2010-19호
주 소 132-908 서울시 도봉구 쌍문1동 423-43 백상 102호
전 화 02-900-4520 / 02-996-0041
팩 스 02-996-0043
전자우편 kncbook@hanmail.net

ISBN 978-89-6764-042-2 93800 **정가** 17,000원

이 도서의 국립중앙도서관 출판도서목록(CIP)은 e-CIP홈페이지(http://www.nl.go.kr/ecip)에서 이용하실 수 있습니다. (CIP제어번호: CIP2012001890)